外国人写作中国计划

学做中国人
—— 法兰西女孩的中国梦

[法] 白露娜 (Laura Weissbecker) 著

甄权铨 译

中国出版集团
中译出版社

图书在版编目（CIP）数据

学做中国人——法兰西女孩的中国梦 /［法］白露娜（Laura Weissbecker）著；甄权铨译. —北京：中译出版社，2018.7
（外国人写作中国计划）
ISBN 978-7-5001-5395-5

Ⅰ.①学… Ⅱ.①白…②甄… Ⅲ.①传记文学－法国－现代 Ⅳ.①I565.55

中国版本图书馆 CIP 数据核字（2017）第 197659 号

Comment je suis devenue chinoise
Copyright © Laura Weissbecker, 2016
Published by Arrangement with La Nuée Bleue / Édition du Quotidien, Strasbourg, France
www.nueebleue.com
www.lauraweissbecker.com

Mandarin Chinese Language Translation
Copyright © China Translation and Publishing House 2017

著作权合同登记号　图字 01-2017-4916

出版发行／中译出版社
地　　址／北京市西城区车公庄大街甲 4 号物华大厦六层
电　　话／(010) 68359376，68359827（发行部）；68358224（编辑部）
传　　真／(010) 68357870
邮　　编／100044
电子邮箱／book@ctph.com.cn
网　　址／http://www.ctph.com.cn

出 版 人／张高里　　　　　　特约编辑／彭　娇　郎久英
策划编辑／刘永淳　范　伟　　责任校对／姚　杰
责任编辑／范　伟　李佳藤　　封面设计／潘　峰

排　　版／北京竹页文化传媒有限公司
印　　刷／北京顶佳世纪印刷有限公司
经　　销／新华书店

规　　格／880 毫米 ×1230 毫米　1/32
印　　张／8.75
字　　数／140 千字
版　　次／2018 年 7 月第一版
印　　次／2018 年 7 月第一次

ISBN 978-7-5001-5395-5　定价：50.00 元

版权所有　侵权必究
中译出版社

外国人写作中国计划丛书编委会

编委会主任	谭　跃
编委会副主任	李　岩　赵海云
编委会委员	白　鑫（埃及）　　白乐桑（法国）　　狄伯杰（印度）
	葛浩文（美国）　　顾　彬（德国）　　郝清新（匈牙利）
	金泰成（韩国）　　李　岩　　　　　刘　忠
	刘永淳　　　　　　鲁博安（罗马尼亚）马丁·刘（英国）
	玛琳娜（格鲁吉亚）潘立辉（法国）　　普西奇（塞尔维亚）
	谭　跃　　　　　　徐宝峰　　　　　　张高里

按姓氏首字母为序
排名不分先后

Laura Weissbecker
白露娜

为卡地亚拍摄的广告

为 Naide 酒店拍摄的海报

我曾是广告演员和模特，
有时能在街上看到自己的照片，真是又惊又喜！

为 Opel Corsa 拍摄广告期间

为 Teisseire 拍摄的海报

我和帕特里克·布鲁尔

参加影视剧拍摄的花絮

在艾利·舒哈基的电影《喔！耶路撒冷》中饰演一位波兰抵抗运动成员。

在蒂埃里·比尼斯蒂执导的电影《凡尔赛宫：国王的梦想》中饰演拉瓦里埃尔小姐

戏里我与成龙

戏外的成龙

我向成龙朗读我为他写下的诗

电影《十二生肖》全国马拉松式宣传期间

北京

北京

上海

上海

香港

戛纳

我在红毯上签下了自己的中文名字!

参加中国媒体宣传活动

获2013年澳门华鼎奖
"全球最佳新锐女演员奖"

2013年上海国际电影节任评委

华鼎奖期间我与"同事"昆汀·塔伦蒂诺

我与妮可·基德曼

巧遇王力宏

我与中方联合制作的短片，在好莱坞拍摄

有时，我还是一名歌手

我是一个中国女孩，但我也是阿尔萨斯人！图为我在斯特拉斯堡大教堂前

目　录

前言 /2

第一章　木 /9
斯特拉斯堡—北京—好莱坞，一个中国女孩的塑造之路

第二章　水 /45
运气　机遇　自信

第三章　土 /85
记忆

第四章　火 /117
勇气　恐惧

第五章　风 /145
想象　梦想

第六章　宇宙 /179
明星　外表　红毯

第七章　金 /209
我的中国指南

后记——我的路 /250

履历摘要 /254

前言

> 知之者不如好之者，
> 好之者不如乐之者。
>
> ——孔子

我是一个幸运的人，能够从事自己喜欢、热爱的职业——演员。正如孔夫子所说，"知之者不如好之者，好之者不如乐之者。"因为做着自己热爱的事情，我感觉每天都不像是在工作。

2011年5月，由成龙导演并参演的电影《十二生肖》选中了我出演影片中的一个主要角色。这是一部大制作影片，既有中文台词，也有英文台词。在近一年的时间里，我们辗转于多个国家取景拍摄，而我的角色台词以英语为主。之后，我去了美国的"天使之城"洛杉矶，在这座希望与绝望并存的城市、好莱坞的摇篮之城开始了新的生活。

很快，电影《十二生肖》在亚洲取得了巨大成功。2012年、2013年这两年，我在中国度过了很多美好时光，往返中国的次数比回我的故土法国还多。

每当我告诉别人我曾在中国生活过一段时光,像每个中国人一样工作、生活时,我的西方朋友总会感到很惊奇。如今,中国这个超级大国的飞速发展既令人着迷,也令人焦虑。着迷,是因为中国已经成为未来的"黄金国",谋求发展的新大陆(对电影产业更是如此);焦虑,是因为它对于很多人来说还是如此陌生。东西方文化的分隔,让彼此谁也看不透谁。对西方人来说,只有走进中国,走进中国人的生活,和中国人一同工作,才能真正地体味这个国度。当我去欧洲、北美甚至南美各国旅行时,虽然会因地域和环境的改变而感到不适,但始终被西方文化包围着;而作为一个西方姑娘,在中国生活与工作则真是一番改天换地的体验,就像是天上换了一个太阳!一个西方姑娘怎样学做了中国人,她的中国梦又是怎样一番模样?这本法兰西姑娘的"中国记"想解答的正是这些问题。

我不想循规蹈矩按照时间顺序讲述我的故事,我希望能出其不意、神游物外、天马行空。第一章是从讲述参加电影《十二生肖》试镜开始的。漫长枯燥的选角过程夹杂着欢乐与希望、机遇与运气，这些都让我联想到了"水"。由此，我有了这样一个想法：先将本书分为五章，分别对应公元前5世纪古希腊哲学中"水""土""火""气"四大元素，以及最难以捉摸的"第五元素"（或称为"以太""太空""宇宙"）。每种元素都代表着独特的关键词，在写作过程中不断地启迪我、引导我。此外，首章和末章与中国紧密相关——围绕着我的演艺之路，我将自己与中国的奇妙缘分娓娓道来。中国传统文化讲究"五行"："金""木""水""火""土"，其中"木"和"金"正是西方"四元素论"中所缺少的。因此，这两个元素便作为中国章节的关键词。

"木"象征着春天，万物生长之时。木是助益前行的拐杖，又与建造相关，因此我将以"木"开篇，讲述我是如何成为一个中国姑娘的："斯特拉斯堡—北京—好莱坞，一个中国女孩的塑造之路——木"。

"金"可以传导能量。谈到"金"，就会联想到冶金术，一项细致研究各类金属及其特性的科学。最后一章"我的中国指南——金"是对我这个法兰西姑娘初次中国之旅的总结，相信对于希望了解中国、融入中国的外国人而言会大有裨益。

在首、尾两个章节之间，我会写一写自己的演艺历程。文中不仅穿插着在中国拍摄《十二生肖》的回忆，还有我对于演艺行业一些关键词的思考，如"运气""回忆""勇气""想象""外表"等。

"水"可浇灌，亦可流失。第二章"运气、机遇、自信——水"讲述了一位女演员在一次次角色试镜中磨砺成长的奋斗之路。我如同在汪洋大海中随波逐流、随风漂泊的一叶孤帆，有运气、机遇相伴，也有对不确定未来的焦虑与担忧。

在中国传统理念中，"土"滋养万物生长，象征着天性、智慧与率真的性情。在第三章"记忆——土"中，我将溯本求源，追寻演员最珍视的宝藏——记忆。

"火"既意味着荣耀与公正，又代表了侵犯与战争。"火"能给予人凛凛威风，勇敢无畏；也能使人胆战心惊，不可终日。第四章"勇气、恐惧——火"便与这一最激烈的元素有关。

"气"象征着生命的气息，而流动的"风"带领我们腾飞九天，拥有更广阔的视角。对于艺术家，尤其是演员来说，想象力是非常重要的。第五章"想象、梦想——风"将带领大家在想象的世界中遨游。

　　"以太"一词让我想到了宇宙星辰，一种游离于现实与日常之外的状态。在第六章"明星、外表、红毯——宇宙"中，我将揭开演员这一职业中"不真实的"一面，而正是这些梦幻令普罗大众心驰神往。

　　行文中穿插着一些小诗，有些是我儿时的稚作，有些是我现在的拙笔——为拍摄《十二生肖》过程中结识的中国朋友而作。希望这些亚历山大体[①]的押韵诗可以刻画出这可爱的友人们在我心中的样子。

[①] 法国十二音节诗，最早由神院神学家、哲学家皮埃尔·阿贝拉尔（Pierre Abelard, 1079—1142）创立，他把自己和爱洛绮丝的爱情故事写成韵文律诗。后来，有人将亚历山大大帝的生平从拉丁文译为法文，经巴黎一位名叫亚历山大的人努力终于使这本书得到完善。亚历山大体诗便由此得名。

亲爱的读者们，我带着幸福、激动又些许焦虑的心情向你们奉上这本书。它既是一本旅行游记，也是我对中国之行、对自己演艺生涯的思考。可以说，这本书也是我的自传，记叙着我在中国与世界各地的生活片段、逸闻趣事与生命体验，而这些与中国的故事造就了我独特的人生之路。

成龙为白露娜题词：
"希望《十二生肖》把你带来中国，也把你留在中国！"

DEAREST LAURA 龙

希望"十二生肖"把
你带来中国,也
把你留在中国
LOVE 爱

JACKIE CHAN

第一章

木

斯特拉斯堡—北京—好莱坞，
一个中国女孩的塑造之路

行乎无路,游乎无怠,出乎无门。

——老子

无论是在法国还是在其他地方,走在大街上,人们很难将我与中国女孩联系在一起:高挑儿的身材,比一般的亚洲人都要高出一头;肤色白皙;我没有亚洲人的丹凤眼,瞳孔还是绿色的;一袭波浪式的金发垂至肩头。斯特拉斯堡是阿尔萨斯大区的首府,我生于斯,长于斯。天竺葵簇拥着欢乐的小路,杨柳依依,低头戏弄着潺潺流水——阿尔萨斯的景色是如此迷人,更孕育了我活泼开朗的性格。一次,我在巴黎参加一个广告拍摄的试镜,导演问我是不是阿尔萨斯人。在他看来,我所表现出的开朗并稳重的性格,对生活自信的态度,都与我的生长环境息息相关——那一定是阿尔萨斯。

19岁那年,我前往世界上最美丽的城市,光明之城——巴黎,这座法兰西首都的光环令年少的我心生向往。我没有出生在巴黎,因而对这座城市蕴含的宝藏惊叹不已。我不知疲倦地欣赏着她的每一寸光辉。最享受的莫过于穿过卢浮宫前的庭院时,身旁一侧是威严雄伟的宫殿,一侧是百花怒放的杜勒丽花园;抑或是信步桥上,塞纳河在脚下静静流淌。此时,我仿佛置身于一片林中空地,远离拥挤不堪的楼林高宇,悬空在波光粼粼的河水上。对于我这个外省姑娘来说,这简直是一场视觉盛宴。我想,对于巴黎人来说也是如此。因为在巴黎生活了几年之后,我心中对巴黎的感情就像对阿尔萨斯一样深了。

我也不是一个明显具有法式标签的人。我曾在几部电影里扮演俄罗斯人,在艾利·舒哈基(Élie Chouraqui)的电影中饰演波兰人,在一部美国电视剧里扮演瑞典人。无论法国角色或西欧、北欧角色,我都能胜任,我自己都感觉我很伟大。人们经常问我:你究竟是来自波兰、荷兰、奥地利,抑或是英国、美国?有的人猜想我是俄罗斯人,甚至有人觉得我是德国女孩。不过当然,从来没有人觉得我会是个中国姑娘。

2013年1月,在美国西海岸的比弗利山庄(Berverly Hills),我受邀前往一家大商场庆祝中国传统新年。陪我一同前去的是两位中国朋友——一位是美丽纤瘦的伊娃，家住洛杉矶；另一位是阿奇，一个很有魅力的 ABC[①]。一看到阿奇我就觉得他不是中国人，因为他的一举一动都很有美国范儿。

一个中国人走近我们，用中文问了个问题。我很自然地用中文回答了他。他十分惊讶，目不转睛地盯着我，又看看我身边两位长着丹凤眼的朋友，思忖着这到底是怎么一回事。伊娃忍不住大笑起来，看看阿奇，说：

"你简直比他还中国！"

阿奇也一脸诧异地说：

"你中文说得比我还好，我尝试着学中文，但这很难……"

是的，我就是中国人。不久前，也就是 2012 年 12 月，由成龙导演并参演的电影《十二生肖》正式上映。我在片中担任主要演员。每年圣诞节前夕，中国文化部都会举办晚宴款待各国大使，并在宴会上放映一部电影。在这次晚会上，我们的电影《十二生肖》有幸被选中。因此，我陪同电影制片人出席了晚会。在此之前，我已经认识了法国大使白林女士。我很高兴，能够借此机会结识更多的外交官。

晚宴这天，我和彭娇一同来到文化部。她是一个小巧玲珑的中国女孩，性格活泼开朗、机智果敢。我们是在拍摄《十二生肖》时认识的。那时的彭娇还是一名学生，在电影拍摄期间担任我的助理。很快，她就成为我最好的中国朋友，我的

[①] American Born Chinese，意思是父母为中国人，但出生在美国，拥有美国国籍的人。

小妹妹，以及我在亚洲的"代言人"。我在北京时，善良又幽默的她经常陪伴在我左右。

进入文化部，有专人将我领向一间会议室，还有不少中国人也在那里等候。但是他们只说中文，不说英语。有人将我介绍给几位同行，其中有章子怡。我和这个握握手，和那个说几句中文，茫茫然不知所措。过了一会儿，华谊兄弟的老板（华谊兄弟是《十二生肖》的制片方兼发行方）和他的助理也到了。哎呀，终于来了些我认识的人！时间到了，我们被带到一个类似会议室的灰色房间里，里面既没桌子也没椅子。在这里，我们见到了一些重要的政治人物。我学着中国朋友的样子，紧握他们的手，同时微微低头表示敬意。我问彭娇，各国大使和其他外国人都去哪儿了。她很严肃地跟我说，我们所在的是专为中国来宾准备的房间，外国来宾自有他们的房间。我为自己获得的特殊待遇感到欣喜，同时又有些困惑：这么说，这些中国人也把我当作他们中的一员了吗？似乎没有人因为我的出现而感到奇怪。我不禁一笑：看来，我是一个金发中国人！正因如此，我才能参加中国宾客的各项活动，我很骄傲。

我们被引入大厅。大厅四周摆放了一圈木制圆台，到处都有着圣诞节的元素在点缀。这里人声鼎沸，热闹非凡，不少外国嘉宾都有了些醉意。照了几张集体照后，我便随着众人前往放映室。我们几个坐在第一排，等待电影开始。彭娇这时提醒我，应该与制片人上台，致辞，轮流讲几句话，然后离开。什么，这就结束了？可是大家还没看到电影呢！

"这部电影你已经看了两遍了！"彭娇说道。

"是的，这我知道。但我可以等影片放映之后再和这些老外聊聊，其实放电影之前我就想……"

"不不不，电影结束后，所有人都会离开。"彭娇解释道，"这些人的司机们还等在外面。"

我惊讶不已。因为在法国，影片放映结束后通常会安排一个鸡尾酒会，人们就电影的方方面面进行交流，但在中国没有。

鉴于法国大使与使馆工作人员在场，我用英语讲了几句话，然后回到第一排，在制片人旁边落座。灯光熄灭，电影就此开始……而制片人却悄悄离开了。过了一会儿，我自己也消失在放映室中。

显然，我并非生来就是中国人。可以说，我是个西方得不能再西方的女孩。但是在付出了耐心去观察体会、克服了许多困难之后，我慢慢学做了一个"中国人"。一个金发中国女孩？或者这样讲，一个来自阿尔萨斯的金发中国女孩！不过，有一件事我是确定的：从少年时代起，中国便对我有一种莫名的吸引力。小时候我常希望能拥有黄褐色的皮肤，这样才能突出自己碧色的眼睛——白皙的脸庞上，碧色眼睛很容易被人忽视。小时候，我就曾因肤色苍白受到嘲笑。因为在法国，人们以通过运动或者去热带地区度假而获得小麦色皮肤为荣，但我的皮肤却几乎是对晒黑"免疫"。我的父母都是务实、有学问的文化人，他们努力宽慰我，告诉我美黑潮流很快就会过去,这只是一种展示社会地位的方式而已。要知道,直到 20 世纪初期,人们还高喊着"以白为美"的口号。从某种角度来说,美黑这一概念是由时尚教母可可·香奈儿提出的。1920 年,她在蔚蓝海岸度假时被晒成了古铜色,随后便被其追随者大肆效仿。从 20 世纪 30 年代开始,美黑成为一股不可抵挡的潮流,金褐色的皮肤象征其主人有足够的金钱和地位外出度假,进行昂贵的户外体育运动。幸运的是,这项令人啼笑皆非的时尚并没有传到中国。

小时候,妈妈告诉我,如果一个婴儿吃了很多胡萝卜,她的皮肤就会变成橙色。于是乎,几乎每天早餐时,我都像兔子一样猛吃胡萝卜。然而,什么变化都没有!13 岁时,我逐渐放弃了这种做法,取而代之的是使用诸如美黑粉之类的化妆品。

在中国,人们向来推崇雪色肌肤,女人曾将研碎的米粉用来化妆,使皮肤白皙透亮。也正因如此,大家都十分喜爱我的肤色。就这样,一只法国的丑小鸭摇身一变,成了高贵的亚洲天鹅!人们纷纷感叹:"真希望能有和你一样白皙、纯洁的皮肤!""你是这么的光彩夺目,真是太幸运了!"而不再有人说:"你这么苍白,像是生病了……"

我第一次做模特时,曾有一位法国女设计师称赞过我瓷白色的皮肤。那时的我是那么厌恶自己的肤色,她却说这肤色也是她选中我的原因之一。"镁光灯下,白色皮肤的感觉要比古铜色皮肤好得多,它是那么美!现在,所有明星都很小心避免阳光对皮肤的损伤，因为晒黑的皮肤更容易过早衰老。只有圣特罗佩的女孩们还不明白这一点。等到她们 40 岁时就会发现，自己的皮肤已经老得像 60 岁的人了！"

其实，早在求学期间我就开始做兼职模特。但我的五官过于传统，脸部轮廓也比较常见，人们更希望见到一些特点鲜明、令人过目不忘的面孔。因此，我努力工作，却拿不到最好的合约。2000 年初，有了些名气的模特们纷纷前往日本，没有人想去中国。然而事实证明，我的相貌正好符合那些在西方模特经纪公司里苦苦寻觅而难以如愿的中国人的期待。

一位经纪人告诉我，也许可以去北京待上一周，参加那里的时装周。公司挑选了 15 名模特前往北京，我也在其中。我高兴极了！虽然我还年轻，此前从未踏上过亚洲的土地，但就我遇到的这些中国人来说，我已经感受到他们对我的欣赏与喜爱。每当见到我，中国人就会过来夸赞我。在他们眼中，我就是中国女性理想形象的西方版：白皙的皮肤、古典的轮廓、修长纤细的身材，还有玲珑小巧的骨骼……法国方面的经纪人说：

"中方希望你能停留一个月，拍摄一些照片和广告。"

"不行，我还要上课呢。最多待一个礼拜。"

"听着，我手里还有一位和你一样的金发模特。她很有经验，有本很精致的图册，也很愿意过去工作一个月。而你，你的图册里只有两张照片。不过这倒也没关系，中方仍然坚持，他们就是想要你。"

最终，中方同意与我签订一周的工作合约。我不由得喜出望外——这将是我第一次走出欧洲！

12月初的一个清晨，我们的航班到达北京。一系列的选角、试镜工作等待着我们，所以落地之后，我们连去酒店放行李的时间都没有。从巴黎到北京，我们15个法国姑娘在飞机上一夜未眠，又饿又累。中方的工作人员把我们带到一家饭店，安排我们在两个漆木圆桌旁落座。桌上的菜不停地转动着，我们拿着筷子夹菜。香喷喷的菜肴看上去很是美味，我们如饿狼一般扑了上去。几秒钟之后，大家几乎同时咳嗽起来——对于我们的西方味蕾来说，着实太辣了！看来，不能什么菜都吃。领队见状，尝了尝桌上的菜，却没发现有什么不妥。因此，我明白了在中国吃饭时，一定不要点辣菜。因为即使是为了提鲜而放入的一点辣椒，都要十倍于我所能承受的辣度。

我度过了非凡的一周。参观游玩的时间少之又少，我只去了颐和园。虽然只是走马观花，但仍然被那巍峨壮观的高台庙宇所折服。北京的空气十分干燥，我的头发像触电一般四处乱飞，噼啪作响，好似寒冷胡同里笑容可掬的商贩在炒栗子一样。

我发现中国的模特比我还瘦，比我还高。但在法国，人们觉得我已经很高了！从小人们就这么对我说。成为一名演员后，我发现身高竟然约束了我的发展。人们经常因为身高的原因而拒绝我："你175厘米的身材，比男主演还高，这可不行。"然而这次在中国走秀，我第一次发现自己太矮了！虽然我还因此失去了几次走秀机会，但我依然为自己能成为一个"小个子"而感到高兴。欧洲的模特试镜很严格，而中国的模特试镜更加严苛。人们用固定长度的细绳在模特的胯部绕一圈。如果细绳两端不能合拢，那就下一个。我的胯骨很细，只有 90 厘米。最终，我被选入参加三场走秀表演。

早上 4 点，我们还在为走秀进行彩排。今天的这场表演将会万众瞩目。其他女孩的身高少说也有 180 厘米，我是最矮的了。不过，我很高兴。我站在最中间，大家都带着善意看着我，轻轻点头示意。一种安全感油然而生——这正是我童年时期所缺少的——当个"小个子"。这样的人，大家都喜欢并愿意保护她，因为她娇小可爱，没有攻击性。

有限的时间内，工作节奏十分紧张，所有事情都是直到最后一刻才落锤。不过中国模特们都很是耐心、温和，听从安排。每个模特都有一个助理，给她们拎包，时不时递过水和食物。他们的工作可没有给欧美制片人当助理那么烦琐。在中国，一个模特或演员只要有点名气，都不会独自出来工作，那是自贬身价的举动。艺人应该自由得像空气一样，就如那些大明星，身后紧跟着拉箱背包的小助理。在法国，我们艺人可没有这样的待遇，经常工作得又饿又累。不得不说，我从未想过要为一场走秀而彩排整整一个晚上。

不过，2011 年成龙电影的上映，才真正标志着我在亚洲的演艺事业的开始。我像是一个蹒跚学步、咿呀学语的婴儿，对一切都充满好奇，渴望学习一切。在剧组上百人的团队里，我是唯一的外国人，显得有些格格不入。我按照中国人的方式生活、工作。我们乘车一个半小时来到北京怀柔，那里有全新的超大拍摄区域。我们再也没离开过这个"围城"，全天都吃住在这里。这里的接待人员没有一个人会说外语，所有标志都是中文——对我来说，都是些玄之又玄、难以理解的文字。怎么上网？怎么打电话给前台？这些答案猜是猜不出来的，而我会说的中文还极其有限。我住的房间很宽敞，但装修很简单，浴室里有几条粗布毛巾。站在窗前放眼望去，是一片荒芜空旷的褐色土地，像是在一片建筑群中落下了一块地似的。时不时会有人骑着车子从这里穿过。每每看到这儿，我的心里就会得到些许安慰——看来我还在中国。

麦里是剧组的对白教练，进组最初的日子里，是她帮助我适应新的环境。我是在法国认识她的，当时她负责帮助纠正演员们的英语发音。麦里是个生活在巴黎的美国人。她不是很高，但身段柔软、体态健美，黑发飘飘直至腰际。圆圆的脸庞，微微上挑的眼睛，爱笑的她自有对生活的善意与快乐。

在法国时，我还觉得麦里长得很中国化；可到了中国，区别就显现出来了。麦里说，她的父亲是美国人，母亲是中国人。混血儿的身份造成一个很有趣的现象：在巴黎，大家都说她是中国人。走在大街上，年轻人经常用"nǐ hǎo（你好）"跟她打招呼，这让她很是不快。而在中国，人们都认为她是个美国人，因为在她的身上没有发现丝毫"中国印记"。

精灵古怪，多才多艺，
勤勉稳重，深藏不露，
从不自吹自擂的对白教练麦里，
常如是说："我妈妈是中国人。"

（麦里·坎农，对白教练）

麦里给予我不少帮助，多亏了她！餐馆里的菜单对我来说就像是一页页天书。刚到北京时，我去的饭店里菜单上都配有图片，可以看图点菜。而在这里，菜单上没有图片，汤的名字我也读不懂。餐馆有很多服务生，笑容中带着惊慌，因为没有一个人会说英语。偌大的餐厅空空荡荡，只有我们两位食客，你看看我，我看看你。两个服务生走了过来，然后三个、四个，他们相互看着，猜想着我们可能爱吃什么。我当时就在想，要是来用餐的顾客很多，他们该怎么办呢？也许，这些服务生对我们两个圆眼睛的外国人感到好奇吧。麦里能说几句中文，可交流起来还是很困难。最终，应我的要求，麦里点了一碗有长面条、西红柿和鸡蛋的汤——西红柿鸡蛋面。麦里说，这种面条意味着"长寿"，中国人过生日时都会吃。为了讲究卫生，人们喝的水都是 kāi shuǐ（开水），即煮沸了的水。

有意思。这些新事物很令我兴奋，我甚至开始觉得自己仿佛是个本地人……直到剧组开机！我们的拍摄是在最大的摄影棚里进行的。

终于,我见到了成龙。他穿过那些设备、装饰,走过来跟我打招呼。他看上去很疲惫,跟我在巴黎见到的他形成了强烈反差。周围其他人也都是一脸倦意,他们每天睡得很少,工作量却很大。

我喜欢工作。从小学到中学,我的成绩一直不错。进入精英学校预科班后,我更加倍努力。如果最终我能考取一所巴黎的精英学校,我就能前往首都求学,成为一名演员。这个信念一直鞭策着我。

演员,这是一个令我魂牵梦萦的字眼儿。如果可以,我是多么希望从小就当一名演员!但没有父母的允许,这是不可能的。"我想当演员",当大人们满怀善意地问我长大后想做什么时,我心里这样回答。他们未曾猜到我的这种想法。我想,如果我这么回答,他们很可能质疑、嘲笑,甚至讥讽我。为了守护我的梦想,一番深思熟虑之后,我有了主意。我经常回答自己希望成为一名记者。我喜欢写作,热衷旅游,认定一件事要付诸行动:这样的人想当一名记者,是可行的。

初中时,每个学生都可以在计算机上进行一次测试,并与职业咨询师会面交谈。这位"先知"般的人物会揭晓这轮神秘测试的成绩,并告诉我们符合自己性格的理想职业是什么。我以最快的速度答完试题。因为一个朋友告诉我,这是一次计时测验,且答题时间将会影响最终的测验结果。咨询师上下打量着我,这让我如芒刺在背。她要公布的结果会是什么?演员,还是记者?这可能吗?终于,她艰难地张开了口,目光死死地盯在我身上:

"您确定是诚恳地进行了测试吗?我的意思是,这些答案就是您的态度,是您心底最深处的想法吗?"

"是的。"

"啊,真是奇了。您的测试就像是两个性格迥异的人在同时作答。一边是非常理性、有条理、尊崇科学,如笛卡尔般的性格。从这个角度来说,我向您推荐会计或注册会计师这样的工作。"

听了这话,我像块木头一样定在那里——这可是我最最不希望从事的职业。咨询师继续说道:

"同时,我还观察到了您的另一种性格,更有艺术气息,爱幻想……"

我的心一下了悬了起来。这样的性格会指向什么职业呢?

"不过,一个人不能做两件事。对于您来说,我觉得注册会计师就很好!"

大失所望。我是那么地希望能听听有关自己另一种性格的更多细节。其实我也认同自己的两面性格。我的父母都是数学教授。在如此理性的环境中长大,我的行为处事也都是讲条理、遵章法的。但我也有不羁的一面:我对艺术情有独钟,喜欢电影和诗歌,热爱阅读与写作……可又有哪个咨询师会向学生推荐艺术类职业呢?如果说有哪种工作是咨询师要竭力劝阻的，那一定是这类职业：工作不够稳定，相对于会计这类职业也没有实用性！

在法国，人们更希望将成绩好的孩子领入理工科大门，而不是文学领域。那时的我如果可以自己进行选择，我研究文学与戏剧的热情必定甚于学习数学。我从小就渴望学会读书，学会写字，但对学习算术，从来没什么兴趣。数字令我厌倦，以致到 5 岁时我甚至还不能从 1 数到 10。我的老师对此大吃一惊。她把我母亲找来，表达对我的担忧。母亲没有讲她的职业，只是很有礼貌地微笑。这件事情她甚至都没有告诉我。但后来，我在每门课上都表现出色，以至于老师们也开始引导我向理工科迈进。

我的姨姥姥是法国最早的体疗医生，可谓是这个行业的先驱者。高中时期，受到姨姥姥事迹的鼓舞，我对这一职业产生了兴趣，梦想着追随她的脚步。对人体结构的研究本就令我着迷，再加上运动疗法的学习期相对较短，很快我就可以学成毕业，获得证书——这是工作稳定的保障。做完这些之后，我就可以做自己想做的事情——当演员！噢，不，我是名成绩优异的好学生，是不被允许做这么没有挑战性的事情的。因此在高二那一年，我的数学老师便使出浑身解数劝说我的母亲，希望我在中学最后一年选择数学班。那是学校成绩最拔尖的班级，班里的学生都以考入精英学校预科班和精英学校为目标，接受最优秀的任课教师的培养。

我没想到，短暂的会谈竟影响了我之后整整 5 年的生活。

我自此与数学紧紧地拴在了一起。好吧，既然当不了体疗医生，我就选择进入精英学校预科班的生化方向学习，因为我特别喜欢生物。下定决心，我便全身心投入其中，没有过多地嗟叹命运。研究生物不仅比学习运动疗法更耗时，难度也更高。5年间，我花了大量精力研读这门学科。本来，学习运动疗法3年即可毕业，到那时，20岁的我刚好可以开始做演员。对于那些想成为演员，尤其是女演员的人来说，我们的敌人便是荏苒的岁月、飞逝的时光。从事演艺事业，越年轻越好；反之，起步得越晚，难度越大。因此，我希望读完两年预科，考入工程师学校的同时，开启我的演艺职业生涯。为了达到这个目的，我必须在巴黎学习。也就是说，我必须考入一所巴黎的精英学校。

预科班的学习就是一场竞赛，我们不但要考取高分，更要比别人分数高，比别人能力强……付出的努力越多，希望越大。我不知疲倦地学习，抓紧每分每秒，就连圣诞夜与叔叔阿姨、兄弟姐妹们共进晚餐时，我都会趁两道菜之间的空隙溜走看书。最后，我的成绩排名大大超出我的预期，我成功考入法国最负盛名的学校之一——巴黎高等农艺科学学院（Agro Paris Tech）的巴黎国立农艺学校（INAPG）。我在细胞生物学考试中遇到的是一道我十分感兴趣的题目：论细胞膜的选择性渗透与细胞特化，最终获得了20/20的好成绩。当我那即将退休的生物老师获知这个消息时，自豪之情溢于言表。他开玩笑地说："也许是他们把分数写反了，他们本想写02/20的！"

又说,"我教书教了四十多年,没有第二个人获得过满分!"

我外祖父为我的成绩感到骄傲。因为战争,少年时期的外祖父没能上学,所有一切都是他日后在工作岗位上学习的。外祖父很喜欢讲述自己中学会考时的故事:他是文学专业的学生,成绩非常出色。在那个年代,全法国仅有3%的人通过了中学会考,而在几个可选专业之间,文学专业会考的含金量最高。那天,他走进数学学科口试的考场。题目写在黑板上,一位考官坐在那里,一副精疲力竭的样子。外祖父迅速解答了题目,考官欢呼道:

"太棒了!从早上到现在,您是第一位解答出这道题的考生!"

考官开始在考试名单里寻找眼前这位年轻人的名字,有些纳闷儿:

"我没有找到您的名字,您确实是数学专业的学生吗?"

"不,不是。我是学文学的。"

听闻此言,考官起身打开了教室的门,大声喊道:

"好啊,终于有一位学生解出我的数学题了,可他是学文学的!"

然后,他转过身来,看着我的外祖父,谨慎而又有些高傲地说:"20分,是留给上帝的;19分是给我的。那么,我就给你打18分吧!"

这么说来,我居然拿到了上帝的分数?我有些不敢相信。我的试题回答应该不错,但考试时我没有足够的时间再去润色、打磨我的答卷……

"这样的成绩就是为了成为一个戏子吗!"一些没系统上过学的人这样说,令我很是不快。于是,我决定以后不再提我毕业于法国最负盛名的工程师学校——在他们眼里,这已俨然已是条人生的"康庄大路"了。在洛杉矶时,一位戏剧教授赠予我们每个人一个最能代表自己的形容词,她送给我的词是"出其不意(quirky)"。她并不了解我的过去,这是她自己的感受。不过,像这样接受过严谨教育后仍保持一颗富有创意的心,甚至彻底改行的人,我可不是唯一的一位:风格怪诞、成就斐然的米歇尔·韦勒贝克(Michel Houellebecq)也毕业于我的母校。

在法国,太过勤奋刻苦大概不是什么好事。一个人若小时候是个好学生,那他不仅不酷,还可能会被说成是"书呆子""眼镜蛇";待他长大成人,在工作岗位上过于勤勉,这说明他不是个聪明人,只有一味苦干才能够弥补能力的缺失。法国演员常常给人一种冷静、放松的感觉,因为他们希望让人们觉得,会演戏是种与生俱来的天赋。无须重复,无须钻研,它自会到来。我喜欢工作,喜欢钻研。我不是一个酷酷的人。认真努力、有斗争精神、有雄伟壮志,这种生活态度虽在法国易招致批评与嫉恨,但在美国,恰恰相反,被广泛推崇。中国也是一样,无论明星还是平民,有天赋者或没有天赋的,所有人都非常勤恳地工作着,成龙就是其中一个。我很少见到像他工作这么拼命的人。

成龙为自己是中国人而自傲。2011年11月11日,我第一次来到摄影棚时,棚内有一座木制平台,大家在平台上搭建了一座茂密的热带森林。成龙迎着我走来,拍着胸膛说:

"这里,这就是我的家!"

这是他对我说的第一件事。

中国,世界上最伟大的文明古国之一,有几千年的悠久历史。以位于宁夏回族自治区的大麦地岩画为例,上万幅岩画中的文字与图像可追溯至公元前7000年,与现今我们所了解的中国古文字有着相通之处。历史上,中国曾经有很长一段时间紧闭国门,凭借长城天险抵御外敌入侵;面对外来文化的影响,中国文化也曾如此"大门紧闭"。因此,来到中国的外国人会感觉自己仿佛置身于另一个星球,周围的一切都是那么不同,甚至令人惊奇。没有任何前行的标志,如同一次探险,每迈出一步都会有新的发现。中国人善良、可亲、温和、勤劳。面对外国游客,他们的心中也充满了好奇:老人们的眼睛里闪过一抹明亮、一份纯真;相比来说,年轻人就没有那么多惊讶了,因为从他们那个时代开始,西方文化已经逐渐进入中国,英语也已逐渐走进他们的生活。

虽然在法国,工作勤勉刻苦的人不被人们看好,还会被称作"扫兴之人",但在中国,拥有如此工作态度是再正常不过的一件事了。通常,在一部电影的拍摄期间,大家都是天天工作,日日拍摄,如果谁想少工作一会儿,那才叫人奇怪呢!

在我们在拍摄《十二生肖》时，都是一周工作6天，且每天的工作时间都在16～17个小时——这是多么奢侈啊！虽然我心里不讨厌工作，但还是觉得工作条件很艰苦。寒冷、睡眠不足——这两个"敌人"把我折磨得疲惫不堪。中国的工作时间表令人疯狂。一位导演朋友刚刚在中国拍摄了她的第一部电视剧作品。她告诉我，她每天的工作时间都在16～22小时。即使对于一个中国人来说，这工作量也太大了。在中国，人们两三天就累计工作了35个小时；而在法国，一个演员一般每日在摄影棚待12个小时，偶尔多上一两个小时，这其中还包括一个小时的午休时间……

在中国，中午吃饭休息的时间绝不会超过30分钟，通常情况下只有15分钟。剧组的技术人员大多是狼吞虎咽，嘴里还会发出巨大的咀嚼声音。他们一般用5分钟结束"战斗"，然后抓紧剩下的10分钟眯上一觉。对于一个法国人来说，15分钟的午休时间简直是不可想象：这边，我刚刚铺开纸巾，拿起筷子；那边，人家已经准备开工了！

一天早上，我看到成龙居然在片场一艘满是灰尘的道具木船上睡着了。原来，他是趁着工作人员布置灯光的几分钟休息一下。同在现场的还有张蓝心和我——一个是身材高挑、强劲有力的跆拳道冠军；一个是身材纤细、疲惫不堪的白人姑娘——旁边有两个蓝色塑料小凳，我们二人就坐在那里。

高挑的蓝心，身材火辣性感，

跆拳道冠军，美丽的保护神，
她英语流利，我们相谈甚欢，
直爽、坦率、稳重、从不欺瞒。

（张蓝心，演员）

成龙的睡眠时间极少，因为每天结束拍摄后，他还要去指导剪辑，并为第二天的拍摄布景做准备。所以他只能找空儿休息。就像此时，工作人员知道自己该干什么了，他就在冰冷的拍摄场眯上一会儿。

他是键盘大师，成片鲜活且生动，
与电脑合一体，得心应手不踌躇。
贯彻成龙指令，专业娴熟，
技术炉火纯青，从无延误。

（李，来自北京的剪辑师）

"你们非常幸运……"

这是成龙对我和蓝心说的话。他说得非常严肃、有力，仿佛要将这句话刻入百年橡木之中。

我们用力地点了点头，表示赞同。的确，能够有机会与成龙——一位天才，一位活着的传奇——合作，这可是千载难逢的机会，这是难以置信的幸运！

"……你们可以坐在那把椅子上！"

我愣了几秒钟才明白他刚刚的意思。成龙又继续说道：

"这里是没法比的。你们看吧，如果以后你们参与拍摄其他的中国电影，那儿的工作条件可远没有这里舒服。"

如此说来，我们能在休息时有个蓝色塑料板凳坐，真的是太幸运了。剧组其他人也说，食堂里有桌子、有塑料椅子，这对成龙来说也是很奢侈的。在其他的拍摄剧组里，大家有15分钟的时间午餐、休息，连坐的椅子都没有。

在给我的信中，父亲写道："中国正在成为世界级工厂。而与此同时，西方人却沉迷于舒适、休闲的生活，没有意识到他们已经被抛弃。"在中国有这样一句话："莫问收获，但问耕耘。"中国人吃苦耐劳，工作时从不挑三拣四。可作为一个法国女孩，我还是忍不住抱怨摄影棚里的寒冷。从11月末起，属于干燥大陆性气候的北京气温骤降，一度低至零下20℃。为了方便卡车能直接开入装卸道具，摄影棚内有几扇巨型大门。这几扇门整天大敞着，冷风毫无阻碍地在空阔的屋子里穿梭。为什么不在摄影棚安装供暖装置呢？这是个谜。

电影里还需要几个外国演员扮演重要角色，其中就有来自比利时的罗萨里奥·阿米迪欧（Rosario Amedeo），这可是一位天赋型演员。他比我晚到一个星期，来的时候活泼欢快，精力充沛。我把剧组里的艰苦条件都告诉了他，这些都是他不曾遇到过的。他不信。他相信人生和玫瑰一样美好。他有好几天的时间在这座古都闲逛，尽情享受着每一处精彩。他进组拍摄的第二天早晨，我化好妆坐在片场休息室里等待拍摄，罗萨里奥气喘吁吁地推门进来。只见他把自己裹得严严实实,脸上两个大大的黑眼圈,看上去疲惫不堪。

"怎么,刚拍了一天你就成这样了?"我打趣地说。

他点了点头:"你说的对,真的是要冻死人了。我再也不想有这种体验了……"

过了一会儿,喝了一杯咖啡后,罗萨里奥恢复了平日里的神气,叽叽喳喳地像只喜鹊:

"我都能想象得到那些法国演员看到这里的反应:'我要给我的经纪人打电话,这活儿根本干不下去!'"

我们俩一边打趣儿,一边想象着其他法国演员的反应,模仿他们的样子。的确,拍摄一部中国电影,这可不是谁都能行的。

为了抵御严寒,工作人员可以穿得暖和一些;可我呢,身上还是夏日款式的戏服,简直要冻僵了。缺觉、饥饿,我觉得我就要生病了。我的助理跟我说:

"如果你觉得冷了就告诉我,我给你拿热水来。"

饥饿(Faim)、寒冷(Froid)、疲倦(Fatigue),我在玩帆船时总结出了这"3F"——在海上航行时,若想保命,就必须竭力避开这三种"礁石"……可在中国,冬天拍电影时就会遇上这"3F"!

罗萨里奥有双鹰一般的眼睛,提醒我道:

"你看到布景后面的脚手架了吗?那是专门为拍摄搭建起来的。在法国,人们都是租脚手架用;可这里的劳动力非常便宜，以至于生产脚手架比租赁还便宜。"

我看到一些工作人员正在摄影棚一角安静地干活儿，他们就像是树干上的红蚁，虽然不引人注意，但用不了几天就能悄无声息地搭起一个木柴堆。一天清晨，还是在摄影棚的那一角，一座奇形怪状的峭壁立了起来。绕到峭壁背面，木柱、木梁纵横交错，再辅以绳索固定，仿佛一张木制的蜘蛛网。摄影棚里还搭了一张巨大的蓝色帐篷——拍摄时当作幕布使用，后期编辑时加入特效技术。

一个中国摄制组里往往有很多工作人员，其数量要远远超过世界上其他国家的拍摄组。这里的劳动力成本低廉，因此，雇人制作道具、设计服饰要比租用还便宜。

道具师尼尔心细如发，
性温笑憨，做事分毫不差，
jiè zhi（戒指）、shū bāo（书包）
——他最喜欢的道具，
我亦常跟他说的两个词。

（尼尔，道具师）

中国是世界上人口最多的国家：13亿人，相当于全球人口的1/5。走在北京街头，我时常感叹这座城市的车水马龙。人头攒动得就像是圣诞节时的法国，人们簇拥在各大品牌商店门口时的场景。在法国人的生活中，每个人都有一个"透明罩"

圈定自己的私密空间。如果有陌生人闯入，我们会感到十分不自在。不同的民族文化，"透明罩"的大小也不尽相同。在中国，这个"透明罩"几乎不存在，人们已经习惯了相互靠近，似乎这种近距离接触能够给予他们安全感。也许这是因为中国人口众多，他们不得不分享整个空间？我与一个中国人交谈时，会不自觉地后退一步，让两人保持一捧鲜花的距离；而对方就会上前一步——在他看来，这一捧花的大小是可以随着时间改变的：两个人离那么远说话真是太奇怪了！

电影拍摄所使用的各种技术令人叹为观止。在这一方面，成龙绝不吝啬。他能够花好几周的工夫打磨一个动作镜头。

"这部电影的绝大部分预算都拨给了技术，而非剧组的工作环境与条件。"罗萨里奥这样讲道。

这话不假。我有时在想，是否所有的剧组和电影公司都是这样的制作水准。

> 细腻的外表下，董韵诗有一双铁血硬拳，
> 工作时全神贯注，废寝忘食，真诚务实。
> 她是制作人中的佼佼者、乐团的总指挥，
> 唯有众人的爱戴与尊敬，方能进献于她。
>
> （董韵诗，制作人）

我有一种感觉：在中国，为了集体的利益，人们能将"个人"隐去，融入集体之中。钱很重要，人们所做的一切都是

为了多赚钱。为了达到这个目的，即使夜以继日地工作也在所不惜。中国人做生意时很强硬，这是他们与生俱来的一种特性。他们在各种细小的地方精减花销，例如水暖设备。制片部的女孩们能唇枪舌剑几个小时，就为了吃饭时省下一分钱，或者是为了其他小事；但有些时候，这些女孩们却舍得花巨款买下一个名牌包，或者体验一次私人飞机。这种差别强烈地吸引着我。

由此看来，曾自认为不够法式的我，在工作上却也不够中式。我不可能做到与中国人完全一样，因为我必须保证八小时睡眠。即使是读精英学校预科班期间，我也尽力保证自己足够的睡眠，避免体力不支而病倒。

我在北京郊区生活了好几个月。在这段漫长的时间里，除了工作，我努力让自己在其他方面变得中式。我的朋友们带着我探索、发现，他们给我讲述东方文化，解释社会的运转方式，让我爱上中国。随着电影拍摄任务的不断推进，我越来越强烈地感受到朋友们真的是把我当作他们中的一员了。他们会与我讨论一些敏感、有趣的话题。而通常情况下，他们是不会对外国人说这些的。

与特技演员聊天时他们告诉我，在中国，生孩子必须结婚，否则孩子是不被承认的。自1979年起，国家出台政策规定一对夫妇只能生一个孩子。但也有例外，如夫妇二人都是独生子女，那么在一定情况下，他们可以生两个孩子；若夫妇一方属于少数民族，这一政策会更加灵活。彭娇就属于后一种情况：她有一个哥哥和一个妹妹。由于一些文化原因，中国人一般都希望能生个男孩：当他们老了，儿子能自食其力了，他们就住在儿子家，由儿子、儿媳和孙子孙女赡养（这就是人们所说的"三代同堂"）。若生的是女孩，他们就没有人可以依靠，因为女儿是要照顾公婆的。

但是，这些传统观念正在发生着变化。2016年4月，我去看望彭娇。她向我介绍她的未婚夫，看上去是个汉族人。

彭娇告诉我："现在，所有人都能生两个孩子了。"

她解释道，独生子女政策下，一个独生子女成家后将有4～8位老人需要赡养，对于一个年轻人来说，压力真是太大了。因此，中国于2016年1月1日正式宣布解除独生子女政策，所有夫妇都可以生两个孩子。

洛杉矶东部有一些街区，走在这里就仿佛到了中国。这里有一家月子中心，很多中国准妈妈来此待产。所有在美国境内出生的孩子都可以拿到美国国籍。这些产妇再回国时，怀中的宝宝就是持美国护照的了。如果一个妈妈在国内已经有了一个孩子，那么你看，这个妈妈的两个孩子一个是中国籍，一个是美国籍——凭此她就可以申请美国绿卡，这便成为中国家庭踏上美国国土的一条途径。这种方法可以让未婚女子，尤其是那些大人物的情妇有个孩子。这一现象在由薛晓路执导的喜剧电影《北京遇上西雅图》中得到了充分体现。剧中女主角是一位年轻的准妈妈，亦是有钱人的情妇。她掩盖肚子隆起的事实来到美国待产，和一些像她一样来自中国的待产孕妇住在一栋房子里。这家月子中心的医生和护士都是中国人，一切都安排好了，连英语都不需要。

从我第一次来到中国至今，15年过去了，很多事情都发生了巨大变化。过去，路上到处都是自行车，有像法国一样的普通自行车，也有很多"自行车货车"，即三轮车：柴垛、建材、食物，甚至是装有小白兔的兔笼，或大或小的货板上载满了各式货物，这些都令我着迷。人行道上摩肩接踵。中国似乎是以美国都市为模板进行发展的，而非欧洲城市。现在，我从洛杉矶再去欧洲时，发现巴黎的人行道才是真正的人山人海！

15年来，中国人纷纷跳下自行车，坐进汽车。同一时期的法国却发生着完全相反的事情：市中心被改建成步行街区，成为最时尚、最受欢迎的地界；自行车大众共享计划也即将启动……斯特拉斯堡还成为规划发展自行车道的法国先驱城市。多少次我漫步在巴黎街头，在街道、在露天咖啡座、在地铁里遇到朋友或者熟人，这样的相遇格外迷人。古香古色的北京胡同、川流不息的自行车流……好一幅生动别致的景象！这些都令我怀念不已。而今，我们独自一人开车上路，带来的只有拥堵与污染，美丽的邂逅不再。在中国，所有东西都是超大尺寸的：马路实际上就是建在市中心的高速公路，6～8车道的大街永远都堵得水泄不通，刺耳的鸣笛声不断。道路的两旁、中央都竖起栏杆，以防不遵守规则的人乱穿马路。

在中国过马路已经是一件让我极其害怕的事情,更不用说骑自行车了。2012年1月,剧组转战台湾地区,来到台东——台湾东南方的一个小城市,仅有23万居民。

到了酒店,虽然没有一个接待人员会说英语,但从11月至今,我的中文已经取得了巨大的进步。我向他们索要了一张城市地图,准备步行探险一番。刚一出门,就碰到了演员廖凡和他的助理。廖凡留着黑色胡须,总给人非常安静、沉稳的感觉。在北京时,我就听从成龙的建议,经常和廖凡在片场交谈。

廖凡,时尚有型、冷静沉稳、认真耐心,
声音淳厚、字正腔圆——我的普通话老师。
遇到不明白的事情,急躁有什么用?
他总是对我说:"沉住气,别着急。"

(廖凡,演员)

我很欣赏廖凡,他是我的朋友,一个值得信赖的朋友。酒店门前摆放着几辆自行车供客人使用。廖凡和他的助理打算去喝杯咖啡。他们一人跨上一辆自行车,邀请我加入。我?骑自行车?好吧。刚开始,怀着一颗不安的心,我一直跟在他们身后。但我很快就放松下来,感受到骑行的乐趣。这是我第一次在中国,在远离家乡十万千米的地方骑自行车。这下,我觉得自己已经完完全全成为一个中国女孩了！骑了15分钟后，我们在一家咖啡馆门前停下。我品味着这座城市的人文气息。我还发现了夜市。夜市从每天下午4点开始，人们只需花很少的钱就能买到最美味的菜肴。这里不禁让我想起了巴黎的市场、德国的啤酒花园；街边琳琅满目的橱窗、各色桌椅，我们可以随时坐下，来一份意大利饺，品尝一份海鲜……

在夜市，我喝到了新鲜的椰子汁，并自此成为它的忠实"粉丝"。每日黄昏，我都会骑着酒店的自行车来到夜市。人群中，一位笑眯眯的老先生的摊前摆满了大椰子，表面光滑、颜色鲜绿，像圆炮弹那么重，要比平时看到的棕色毛椰子圆鼓得多。摊位四周围了一圈又一圈的人，老人家连从椰子堆里抬头的工夫都没有。我向他指了指我选的椰子，他拿起称了称，告诉我价钱，我把钱给他，然后，他拿起刀，对着椰子娴熟而迅猛地一砍，敏捷得像个战士。他往椰子里插了一根吸管，然后递给我。我一边推着自行车离开，一边细细品味这清新美味、富含矿物质的汁水。幸福，即源于此。

夜市里还有一个摊位在现场包饺子，他们分工明确：三个人卖力地和面、揉面、成形后切块，两人在一旁加面粉，最后一个人将饺子下入一锅沸水。人们可以坐在街边的木桌旁吃现包、现煮的饺子。这是我吃过的最美味的中国饺子！

影片拍摄接近尾声，我心中已满是不舍与忧伤。我请求每个人都写一句话给我，让我以后能够时时回忆。成龙最后一个收尾,他用中文写道:"希望《十二生肖》把你带来中国,也把你留在中国。"是啊!我的一部分心将永远留在中国。原因很简单:从今往后,我在中国有了一个家,有了朋友。成龙带领"成家班"张开双臂欢迎我,我也因此成为一个"准中国人"。不过,绝大多数"成家班"成员都是中国人。数月的拍摄,虽然工作条件简陋,寒冷、饥饿、疲惫不时袭来,但珍贵的友谊温暖了我们。我的助理彭娇也因此成了我的"小妹妹"——姐妹情谊,即是一生的感情。即使岁月流转,即使相见甚少,无论我们身在何处,都可以随时打电话,向她寻求帮助。每当我回到北京,她总能在这里接待我,向我讲述"大家庭"的近况,朋友们的最新消息;而她也会去法国和洛杉矶看望我。当然,我还和剧组的其他人保持着联系,例如王翊晨、麦里,还有其他演员和特技演员们。

王翊晨在做《十二生肖》的场记时,做事很有条理。我们对电影、对工作的共同热爱,再加上她说得一口流利的英语,拉近了我们之间的距离。2014 年 4 月,她邀请我在她与人合拍的电影中饰演韦棣华(Mary Elizabeth Wood)一角。韦棣华是一位美国人,于 1899 年来到中国。她成立了中国第一家公共图书馆,并创建了第一所培养图书馆学人才的学校。王翊晨是一个年轻的北京姑娘,热情聪明、知书达理,做事诚恳细心、认真严肃,同时又有些鬼灵精怪——这一点与我很相像。

翊晨,高智商的场记,偶有些许叛逆,

某天时尚新潮的发髻,给我们以惊喜。

工作中她是拼命三郎,像陀螺不停忙,

记录片场的每个瞬间,隽刻永久回忆。

(王翊晨,场记)

有些人在中国有糟糕的经历,那是因为他们遇到的都是不相干的人。我很幸运能在中国找寻到新的家庭与友谊:成龙是个有智慧的人,他知道如何将一群工作认真、勤恳、热爱工作的人团结在身边。30年来,他对身边的人如助理、技术团队等都十分信任。他的所有电影都是由同一批特技演员参演的。若一个人进入到他的"大家庭"中,那便是终生的情谊。

在洛杉矶的一次晚宴上,成龙向来宾们解释道:

"对我来说,一个人最重要的就是他的品性、他的个性,这也是我挑选演员时终极准则。"

拍摄一部成龙的动作电影与拍摄其他电影有很大的不同。参与一般的电影拍摄,剧组人员仿佛组成了一个大家庭,成为世界上最好的朋友,做出各式各样的承诺;可一旦剧组杀青,人们就不再相见……但成龙不是这样的,他已经与同一个团队合作多年。这和马戏团有些相似——困难时期,大家拧成一股绳,相互帮助;成功时刻则会共同分享。动作电影的拍摄是有风险的,每分每秒都有可能发生事故,就如同空中杂技演员一样,危险触手可及。多少年后,我们总会情不自禁地回忆起这些艰难时刻,回忆起我们曾经一同渡过难关……

2011年11月,《十二生肖》刚刚在中国开机,我那时还不敢想象自己会逐渐变成一个中国女孩,总觉得自己像是个美国人。成龙告诉我他的朋友基努·里维斯(Keanu Reeves)将要来剧组看看。当时,基努·里维斯正在为他的首部长篇作品寻找合适的拍摄地。有人告诉我基努到了,我便从休息室出来,走到片场,站在一旁,周围也有一些工作人员。成龙和基努相谈正欢。看到我来,成龙向我挥手示意:

"露娜,来,过来!"

我走上前去。成龙笑容满面地介绍我:

"这是露娜,我的演员。"

我简单地和基努说了几句话,很感激成龙给我引见。然后,成龙和基努拿着熊猫公仔一起合影。

吴瑕,那个我总是唤不起名字的蓝衣男孩,
日日神采飞扬,时时引来欢笑。
用相机拍电影,用心定格镜头,
留心每一个人,记录美好瞬间。
(吴瑕,一位总穿着蓝色冲锋衣的剧照师)

成龙继续拍摄,基努则和他的摄影师待在一旁。他看到我,便与我交谈起来。基努平易近人,很有亲和力,思想也很开放。我们从电影拍摄谈到洛杉矶我们同住的街区,走哪条近路才能避开每日的拥堵。在中国的拍摄片场,在一群不懂英语的中国人之中，我总觉得自己像是一个美国人。我的心呐喊着："家，温馨的家！"我和基努有着同样的观念、同样的文化，相互理解。我第一次感到自己体内的美国"血统"，这种感觉很奇怪。我虽然是一个法国人，但从2011年9月开始，我就长居美国了。法兰西与美利坚之间不仅隔着大西洋，还有那不可逾越的文化鸿沟。而来到中国，我突然意识到法美之间的不同与东西方文化差异相比简直不值一提。也经常有中国人把我当作美国人：我来自西方，又能说英语，所以我是美国人。

接下来，我在美国明德学院（Middlebury College）学习了一年中文。学校规定学生不能讲其他语言，于是我们完全沉浸在中文环境之中。也正因如此，别人也没有机会知道我是个法国人。有一天在食堂，一个女学生坐在我的桌旁，用中文问我是否来自欧洲。她是怎么知道的？原来，是我平时的站姿坐姿、吃饭的方式泄露了秘密：吃饭时用刀将食物推上叉子，这属于典型的欧洲吃法，美国人是不会这么做的。我看了看周围的人，的确，美国学生吃东西时不用刀，只用叉。而中国人，他们不用刀也不用叉，只用筷子吃饭。

法国人、中国人、美国人，如此说来，难道我还不是世界公民吗？

第二章
水

运气

机遇

自信

机不可失，时不再来。

"能和塞德里克·克拉皮斯 (Cédric Klapisch) 拍戏，你可真幸运！"

演员斯特凡·库隆 (Stéphane Coulon) 如此感叹。他羡慕不已地看着我，眼神里充满了渴望。这是 2004 年秋天，我们坐在从巴黎飞往巴塞罗航班的头等舱里。在那里我将为某品牌汽车拍摄广告——我的首个在全欧洲范围内播放的大型广告。这样的拍摄工作，我们除了会收到广告拍摄的劳务费，还可在广告投放后享有肖像权。一般来说，肖像权仅在法国享有一年的有效期。再加上这则广告将在全欧洲投放，各项权益的价值就更加可观。我只有一天的拍摄任务，斯特凡有三天，因而他获得的肖像权使用费比我高出两倍——这可是一大笔财富，他真是太幸运了。这样的广告只要拍上一部，挣的钱就足够我们生活一整年了。也正因如此，法国各地的经纪人和演员都渴望摘下这颗"星星"，拍摄机会十分难得。我签下这份合同后，经纪公司甚至开香槟表示庆祝——他们成功地安排了三名演员参加此次广告拍摄。

"你的运气也不错啊，能拍三天呢！"我回答道。

"那倒是，但我更希望能和塞德里克·克拉皮斯一起演戏。"

我从内心表示赞同。接下来的一周，我将坐火车去伦敦，拍摄塞德里克的电影《俄罗斯玩偶》(Les Poupées russes)。这部作品也是我非常喜爱的《西班牙旅馆》(L'Auberge espagnole)的续集。回想起接到试镜通知的那一刻，我激动地跳了起来，幸福感瞬间爆棚——我被选中了！虽然只是个小角色，但那又有什么关系呢？塞德里克·克拉皮斯是法国最伟大的导演之一，而且他的人品和天赋都是超一流。

在伦敦的日子如梦幻一般，仿佛我在加勒比青绿色的海中徜徉：我们下榻一家高科技酒店，舒适程度超乎想象；影片在位于伦敦郊区的一栋大别墅里拍摄，整个别墅均以芭比娃娃为主题进行装饰，俨然一个粉红世界。我自己也穿上戏服化身芭比，一位男演员饰演我的丈夫肯尼 (Ken)[①]。镜头前的我们经常笑场。塞德里克总是十分耐心，开些玩笑让我们放松，有时，他自己都忍不住在监视器前笑了起来。这是在工作吗？我难以相信。我们和最出色的法国艺术家共事，在欢声笑语中一天的酬劳相当于那些在井下、在工厂里，拼命劳作一个月的工人们所拿到的工资。

对于演员来说，最困难的不是工作，而是寻找工作。不是所有电影的拍摄都如此轻松。拍摄氛围取决于导演，如果导演性格直爽，剧组的工作人员也都很善良，那么剧组气氛就会比较放松；一旦遇到一位紧绷着的导演，甚至是很不耐烦、向人乱发脾气、大吼大叫的导演，那么周围的工作人员很可能是疲惫、负气、不好相处的。我知道自己不是一般的幸运：因为我的爱好就是我的工作，我的工作能够养活我，还因为我能与像塞德里克·克拉皮斯一样的大人物合作拍戏。

多年之后，我在戛纳与塞德里克·克拉皮斯再次相遇。彼时的我虽已是成龙《十二生肖》选角的首选演员，但最终决定还没有出来。塞德里克为我祈祷——他也的确为我带来了好运，最终，我赢得了这个角色。当时塞德里克正在筹备电影《俄罗斯玩偶》的续集《中国益智游戏》(*Casse-tête chinois*)，也与中国有关。又过了几年，我们的两部电影先后上映并取得

[①] 肯尼：芭比娃娃男友。1959 年，美国玩具制造商美泰儿推出芭比娃娃。"芭比"是该公司创办人之一露丝·韩德勒女儿芭芭拉的小名。在收到数千封"给芭比一个男友"的来信之后，公司推出与露丝之子同名的肯尼娃娃。

了巨大成功。在巴黎时，他告诉我：当他得知我在中国取得的成绩时，他一度想在影片中专门为我写一个小角色，但制片方为了压缩成本，早已急得抓耳挠腮。最终，制片人打消了他的念头。不过，无论如何，他曾想到我，这就已经让我很感动了。

除了塞德里克·克拉皮斯，我还曾有幸与其他几位德才兼备的导演合作，例如蒂埃里·比尼斯蒂(Thierry Binisti)。2007 年，我在他执导的电影《凡尔赛宫：国王的梦想》(Versailles, le rêve d'un roi) 中饰演路易十四年轻时的情人——拉瓦里埃尔 (La Vallière) 小姐。为该部影片筛选演员阵容的是法比恩·比歇 (Fabienne Bichet)，他直觉敏锐，异于常人。拍摄地点位于巴黎地区的莱西吉内城堡。

6 月的一天，我的第一场戏是和饰演太阳王的塞缪尔·泰斯 (Samuel Theis) 一起拍。我走进一间装潢精致的屋子：点点烛光照亮内屋，天花板和吊顶经过仔细的粉刷，壁炉里的火焰正闪烁跳跃，一顶带有天盖的床安置在房间中央。拍摄轨道早已铺设完毕，塞缪尔和我也准备好了。

蒂埃里快速地给我们讲了一下他的设想：首先是一个 12 秒的轻吻镜头，用于后期加入旁白；然后就是对白的演绎。我和塞缪尔站好位，我的胳膊环上他的脖颈，两个人的脸颊贴近，准备接吻。"出发！"蒂埃里喊道。我们开始热吻起来。刚开始，我惊讶地想笑，因为一般开拍时，导演都会喊"开始"，而不是"出发"。我仿佛一个赛车手，发令枪一响，就毫不犹豫地冲了出去，开始一场亲吻的竞赛……

傍晚，瓢泼大雨渐渐停歇，天空依旧阴沉沉的，气温较往年同期低了些。最后一场戏的情节是：我、国王和朝臣们走在一片泥泞之中。国王对这块土地的状况十分不满，大手一挥，下令将这里修葺一番，继而建造他自己的宫殿。所谓的池塘实际上就是一潭淤泥。作为这场戏里唯一的女性角色，只有我穿着一层又一层的紧身衣、衬裙、连身裙和高跟鞋。国王走在最前面，我紧跟着他，后面还有大群朝臣。我的一只手必须提起裙子——无论发生什么都不能松开，只有另一只手可以用来保持平衡。

"出发！"

塞缪尔疾步穿过泥塘，轻松得如同踩水一般。他已经到达岸边时，我才刚走了两大步：脚下的污水、淤泥缠在一起，令人难以忍受；不仅如此，无数根细小的树枝、枯木都钩在我的裙摆上。

"停！"

蒂埃里向塞缪尔喊道：

"你走得太快了！"

塞缪尔回头一看，吃了一惊——我们还都"钉"在起点附近呢。大家一阵哄笑。我又试着找找哪个方向的泥浆稍浅一些。镜头重新对准了我们。我在泥潭里刚迈出一步，右腿一下子就陷了下去，膝盖、大腿……整个人都在下陷！就在这时，我的左腿也沉了下去，大腿及以下都没在淤泥之中。我被这泥沼困住了，完全动弹不得。但我的手一直没有松开裙摆，因而裙子浮在了泥沼表面。

"卡！"

一个蛙人过来帮我，失败了。两个蛙人使劲拽我，这才将我的左腿拔了出来。右腿呢？第三个蛙人也蹚了进来，最后，几乎是推着我才使得我抽身而出。一阵狂笑。这组镜头终于拍完了，虽然好笑，但实在是不舒服。终于，终于上岸了，此时我的鞋里满是厚厚的淤泥，下身全湿透了，衬裙上全是黑泥，得有一吨重。

这一年，我很努力地工作，在不同剧组之间奔波。我曾远赴北美洲加勒比海的马提尼克岛①拍摄电影，在一部电视剧中担纲主要角色；参演了另一部电影电视剧……我几乎什么类型的拍摄都做过了。

机遇，如指间流水；即便能抓住几滴捧在手心，很快，它便从指尖坠落。在我看来，机会与各人的心境有很大关系。它宛如一剂宽心药，一个人若坚信自己是幸运的，那么他必将幸运；反言之，一个人若总觉得自己不幸，那么不幸之事定会找上门来。"心之所向，身之所往。"作为演员，当我们已经有很多演绎经验，拥有积极、自信的思想状态时，我们的言谈举止，以及诸多细节，宛若一条条溪流，将我们引向

---

① 法国的海外大区，位于北美洲加勒比地区小安地列斯群岛的向风群岛最北部。

机遇；反之，若是我们低迷绝望，为自己的不幸哀叹，生活便会让我们陷入无穷尽的厄运之中——是我们的懦弱在不知不觉间打开了这潘多拉盒子。

人们一般都觉得我是一个快乐的女孩，但我也有过低落、伤心的时刻。那时我还在为一个快乐的角色试镜。我努力隐藏自己的内心，但选角负责人对我的经纪人说：

"露娜看上去很伤心，她不适合这个角色。"

我大吃一惊，没想到她竟探知到我的状态。有时，尽管我们努力隐藏自己的内心活动，但我们的思想会背叛我们。

运气就在我们脑中，所以，有种运气叫作"新手的运气"。假期的一天，我的堂兄弟们赛飞镖正在兴头。我压根儿不会玩，可他们还是把我拉了过来。我一扔，出手的飞镖直直钉入靶心，轻而易举地胜过了所有人。大家啧啧称赞：

"这就是新手的运气！"

几个小时后，我想证明自己真正的实力，可完全不可能。手中的飞镖总是打偏，脑子下意识地认为这件事难度很大。我开始不知所措，仿佛双脚在水中踩不到底，我很恼怒，像泄了气的皮球，一败涂地。"新手的运气"在于彼时人们对困难还没有充分的认识，无所畏惧，无所顾忌，自然而然地取得了成功。

演员们需要通过片方的一次次筛选才能获得角色。当然，对于那些明星来说，这一步就不必了——导演早已了解他们的能力，请他们参演是何等荣幸，更不用说一位明星的加入能够给影片拉来大把赞助。还有一些演员，虽然名气不大，但导演对其青睐有加，也会直接把某个角色交给他。我曾有三次这样的经历，多是电视剧中某一集的小角色。我还曾被选中出演一个电视剧中的常角，分量比之前的更重。但是，我当时还在参加另一个影片的拍摄，最终不得不放弃这次机会。负责选角的娜塔丽和克莱尔·古朗日向导演播放了我的影片，导演信任他们，没有见过我就把另一个角色交给了我，也没有提出要在试镜后见我。

我还曾参演过克里斯蒂安·拉哈 (Christian Lara) 的两部电影作品。他是一位非凡的导演，对电影有着执着的追求，即使经费有限，也绝不允许降低团队成员的质量。参演他的电影时，我甚至可以闭着眼睛进组——因为我知道，在克里斯蒂安的团队里，无论是工作人员还是演员都非常好相处，我一定会度过一段美妙的时光。2007年，我曾参加他一部电影的选角，但没有被选中。然而，不得不说那是我的幸运之年——身边的一切都向我微笑。机缘巧合，我们二人的人生之路再次交会。这一次，克里斯蒂安没有再让我试镜，就给我安排了电影《约瑟芬的秘密》中的一个角色。这部电影将在马提尼克岛进行拍摄。对于那些曾经一起愉快共事的人，克里斯蒂安很喜欢再次与他们合作，甚至可以为他们量身打造某个角色。正因如此，几年后，我又加入了他的《普罗旺斯之夏》(*Summer in Provence*) 剧组。

时间再近一点，在两部成龙电影的拍摄档期之间，身在洛杉矶的我收到了一部非常优秀的电影剧本——《被强征入伍的她们》(Malgré-elles)，这正是一部与阿尔萨斯有关的故事。我对导演丹尼斯·马勒瓦勒 (Dennis Malleval) 心怀感激，因为在没有见过我，也没有要求我试镜的情况下，他便通过观看我之前的电影作品，给我安排了一个十分美好的角色。我在洛杉矶到巴黎的航班上度过了一夜。下飞机后便马不停蹄地赶去见导演，准备参加演员的剧本研读会。几天之后，我就被告知电影开机的喜讯。我在剧中饰演的一个年轻女孩，祖母则是由著名演员玛莎·梅赫勒 (Macha Méril)[①] 扮演。丹尼斯也很高兴。当我再次向他致谢，感激他对我的信任时，他满意地说道："我的选择没有错。"

在通常情况下，一个尚未成名的演员是需要参加试镜选角的。在美国，即使是明星也必须如此。试镜是非常有趣的经历：第一次试镜通过后，演员往往会在导演面前进行第二轮试镜，有时还会有第三轮甚至第四轮试镜。这些"加试镜"便是人们所说的"callback"。经验告诉我，每次试镜都是演绎角色的机会，是实践表演艺术的机会。面前的导演和评审即是台下的观众，我们在他们的注视下演绎、表现。这一刻，不要再想着如何在激烈竞争中脱颖而出，我们应全身心投入，品味表演，享受表演。要知道，在演员纷繁复杂的工作中，能真

---

① 玛莎·梅赫勒（Macha Méril），法国著名演员，代表作有《解放军在巴黎》《暴行列车》《夜深血红》等。

正进行表演的时间不及 10%。而这一刻,我们是纯粹的演员,在做最纯粹的事——表演。于我而言,试镜是极度紧张的时刻:我兴奋,我激动,渴望能够获得诠释某个人物的机会;我紧张,我焦虑,唯恐稍有不慎出了差错,前功尽弃。

2003 年秋季的一天。按照约定,我将于 14 点 45 分和《哈利·波特与火焰杯》的导演迈克·内威尔(Mike Newell) 在巴黎八区的一家酒店见面,进行第二次试镜。14 点 20 分,我走进酒店大堂。我向酒店前台报上姓名,得知导演一行人午间外出用餐,尚未回来。前台接待员请我在一旁的会客厅稍候片刻。我径直走进会客厅的卫生间,迅速换上迷你短裙,脱掉内搭的 T 恤,露出漂亮的 V 领,刷牙,整理发型。一切都妥当后,我在会客厅里找了个地方坐下。会客厅宽敞明亮、富丽堂皇,墙上有几幅大型油画装饰,地上则铺着柔软的地毯。这样一个丰富、考究的世界,必定是不属于我的。我的左手边是一排拱形玻璃窗,正对着酒店里的庭院。会客厅里还有两把沙发椅正对向窗外,其中一个沙发已经有人坐着了,他正好在我的 9 点钟方向。我看了一眼手表:即将 14 点 30 分。我拿出台词,反复读了几遍,又把它放回包里。等待中,我把大衣脱了下来。我太紧张了,以致除了等待什么也不会。我瞟向四周,视线不由自主地落到了坐在对面的那个男人——他一个人坐在那里,平静而悠闲。我感觉他似乎是在用余光观察我:他 60 岁左右,一袭黑衣,头发灰白,高高瘦瘦,一副十足的商务人士派头，优雅倜傥。他好像是要和我说些什么，也许，他对我的到来很是好奇，我暗暗想。突然，一个想法在脑海中闪现：难道，他就是导演？是啊，我根本不知道迈克·内威尔长什么样子。他若是以这种方式考察我试镜前的表现，谁说不可能呢？这时，一位女士径直向我走来，热情地与我握手：

"您好，我是斯特凡 (Stéphane) 的助理。导演一行还在餐厅，大约 15 分钟后回来。"

"好的。"

"届时，斯特凡会来找您。"

说完，她便转身离开了。对面的男人又开始打量我，终于，他用英语问道：

"您是来试镜的吗？"

"是的。"

我礼貌地回答。此时，我并不想和别人长篇大论些什么。然而他似乎很想说点什么，继续问道：

"《哈利·波特与火焰杯》？"

"是的。"

我暗自吃惊：这个人竟然知道《哈利·波特与火焰杯》的选角！

"您也是片方人员吗？"我问道。

"噢不，不是。"

看来，他不是影视行业的人。也许是这位商务人士被演艺行当勾起了兴趣，出于好奇向我提几个问题罢了。不过即便如此，一个人独自坐在这里，还是有些奇怪。为什么他看起来一副无所事事的样子呢？

我突然觉得有些冷，起身穿上了大衣，心想：也许穿短裙过来是个错误的决定。

"您有些紧张吗？"

我想说不，因为这与他无关。但不知为何，我竟不由自主地道出了心声：

"是的，有一点。"

"您将要'读'一场戏？"

事实上，我是要"演"一场戏，而不是"读"一场戏。因此，我觉得很有必要向这个外行人解释一下。

"不，他们提前给了我一份剧本，我将表演这场戏。"

直到10年后，我在洛杉矶上戏剧课时，我才知道我那日的鲁莽：美国人将"试镜"叫作"读一场戏"，这早就是一个固定说法了。

"长吗？"对方看起来很关心我的状态，我也话多了起来，"只有一页纸，我需要用法语口音说话。"

"这么说，您是法国人？"

"是的。"

"这样的等待有些漫长，是吗？"

"的确。"

我们闲聊起来。过了一会儿，选角导演斯特凡·冯金诺斯(Stéphane Foenkinos)走了进来，同我行贴面礼。

"嗨，露娜，你在这儿啊。你在和大卫·林奇(David Lynch)[①]聊天？真是太好了！这样，我先上去一下，两分钟后下来找你。"

什么？大卫·林奇也在这部电影里？难道眼前的商务人士就是大卫·林奇？不，这不是真的，我和大卫·林奇聊了半个小时却不自知，我一定是在做梦。我一定要把事情弄清楚。此时，酒店的几个工作人员来来往往搬动家具，会客厅有些忙乱。那位商务人士站起身，正要准备离开。我抓到一位工作人员，以极低的声音问他：

"请问您能告诉我这位先生的名字吗？"

这位工作人员拿出一支笔以掩饰自己的局促。他犹豫着是否回答我，然后弯下腰，用更小的声音告诉我：

"他是大卫·林奇。"

说话间，大卫·林奇又坐回他的沙发椅。

有那么几秒钟，我很是踌躇。然而，我更怕试镜结束后他就不在这里了。我鼓起勇气向他开口道：

"不好意思打扰您，请问您是大卫·林奇吗？"

"是的。"说着，他走近我，站在我的面前。

"啊，我非常喜欢您的电影！"

---

① 大卫·林奇（David Lynch），导演、编剧、制作人、演员、摄影师、漫画家、作曲家，是当代美国非主流电影的代表人物，曾获2006年届威尼斯电影节——终身成就金狮奖等世界级奖项。

他笑了一下，用力握了握我的手。

"谢谢，也祝你试镜好运。你还要等很久吗？"

"不，再有两分钟我就要去了。如果试镜之后我还能见到您，我将无比荣幸。"

"好，到时候您给我讲讲试镜的情况。祝您好运！"

斯特凡下来了，就站在我身后等着我，而我还尚未从惊愕中缓过神来。在电梯里，我解释道：

"他跟我说话来着，可是我没认出他。"

"噢，是吗？"

"他人很好，还让我过会儿告诉他我试镜进行得如何。"

电梯门开了，我不能再去想大卫·林奇了。我差点儿把试镜的事忘到九霄云外。一位女士和一位面容严肃的男士正在楼梯口等着我们。不久前我曾在楼下看到他们步入电梯。马上，斯特凡就向我介绍：

"这位就是迈克·内威尔！"

我握紧他的手："见到您，我非常荣幸。"

我又一次感到震惊，话像是卡在嗓子眼里一样，发不出声音。因为眼前的迈克·内威尔导演身材高大，双颊通红，像是孩子见了都怕的魔王。我完全没有想到，只能祈祷他没有注意到我的这一反应。走进一间屋子，我坐在一把扶手椅上，迈克·内威尔则在距我三四米远处落座，正对着我，开始翻阅我的简历。

"噢，您的经历很丰富。您是从什么时候开始从事演员工作的呢？"

这个问题出乎我的意料。

"没有多久，两年前。"

"两年？"

他看上去很诧异，又继续询问了些与我的经历、经验有关的问题。他告诉我，来自英国的选角导演将为我搭词配戏。斯特凡按下了摄像机按钮，

"你准备好了，就开始吧！"

我低头思索了几秒，回想起曾经的戏剧老师贝拉教给我的话，我是一名16岁的女孩，美丽活泼，身边有无数小男孩为我倾倒。

抬起头，我开始我的表演……最后，迈克喊：

"很好，非常精彩。"他继续说："不过，我还不知道为什么这个小女孩会出现在这里。虽然台词并没有交代，但我总觉得她的出现不是偶然。依我来看，要么是她想表现自己的邪恶，要么这是别人向她提出的挑战。想想吧，然后再重新来一遍，试图表现出她此时出现的原因。"

我集中思绪：是的，就是它，一次挑战，因为我和小伙伴们打了赌。我假想着周围有一群小伙伴正注视着我，重新演绎了这段对白。迈克很高兴：

"非常好，我很喜欢！现在，保持你刚才的状态，再加上一件事：你是整个班级的代表。"

我第三次开始表演。有一瞬间，我发觉自己忘记了"代表"

的身份,连忙把它拾起。迈克很满意。第四次表演,他没有再给我任何提示或限制——我把所有他曾说的话都抛到脑后,自由发挥。

迈克看上去很满意:"非常精彩,真是令人拍案叫绝!露娜,谢谢你!"

他们站起身来,微笑着与我握手。

迈克不住地赞赏着:"你很出色,非常了不起!"英国的选角导演也在一旁不住地点头。

对于我这个法国人来说,"了不起"这个词在这里出现得有些奇怪,因为它与法语词"糟糕的"发音十分相近。直到我回到家中翻开字典:形容词,通俗用语表示"很好""难以置信的",我才长舒一口气:看来,一切都很顺利!

我走向门口,斯特凡在那里给我拍了几张照片。英国选角导演站在我的旁边,比画着我和她的身高。我看出她有些迟疑,连忙使自己尽可能地缩矮一些。众人还是诚挚地感谢我的到来,我开口告别,却没有说完:

"谢谢,祝你们有个好的……"

"好,谢谢你。"

迈克·内威尔是一位伟大的导演,我非常渴望能获得与他工作的机会。斯特凡送我坐电梯下楼,他看上去也很高兴:

"怎么样,试镜还不错吧?"

"我不知道,等等看吧。不过,他们知道我超爱'哈利·波特'系列吗?"

"知道，你不用担心，他们人都很好的，不是吗？"

"没错，他们都很和善。"

"你看，越是有名望的人，越是平易近人，真是难以置信啊。我有时也会拍摄广告，那些人很自以为是呢！"

"我举双手赞成。刚刚我与大卫·林奇交谈，这也是一个非常有力的证据。"

"这么说来，我们只能跟名人一起工作了。"斯特凡笑着说道。

一层到了。斯特凡去接下一位试镜演员——她背对着大卫·林奇坐在一个沙发上，笔直的金发垂在肩头。

"说说吧，进行得怎么样？"大卫看着我问。

"我不知道。他们说我'很了不起'，但我想还是等等看。"

我告诉大卫自己非常希望能饰演说英语的角色。他说，我应该去洛杉矶看看。

"我非常希望在您的电影作品中饰演一个角色！如果哪天您需要一个法国女演员……"

"你叫什么名字？"

这可是千载难逢的机会！我拿出简历，上面附着经纪人的电话，想再找出一张照片：糟糕，我已经没有什么照片了。拿着仅剩的一张黑白照，我小心翼翼地拿给他：

"这张可以吗？"

"不，我不喜欢这张，因为这不是您。"

我把包翻了个底朝天，搜出了两张照片：一张多年前在阿维尼翁照的；另一张则是我歪着头的样子。大卫留下了第二张照片。可恰恰这是我唯一一张没有在背后标注姓名、电话的照片。算了，已经太迟了。

大卫·林奇对我说："露娜，您得有能表现自我的照片，这很重要！"

"是的，我明白。我的经纪人手里有，但我自己没带着。"

我不想过多浪费大卫的时间，而且，我得在 16 点 30 分前赶到另一个地方参加试镜。我起身向他道别。大卫也站起身，向电梯走去，手里还拿着我的简历。

"再见，露娜。"

我转过身："再见！"

走出酒店的那一刻，我再也抑制不住心中的狂喜：我遇到了大卫·林奇，他知晓了我的存在，留下了我经纪人的电话，还记住了我的名字！我迫不及待地打电话给我的经纪人阿克塞拉。她似乎很担心，问我是否见到其他候选演员。

"无论如何，"她最后说，"我们已经尽力了，现在只能等待……"

我打断她，向她讲述了我的奇遇：我碰见了大卫·林奇，与他交谈并成功递上简历与照片；大卫·林奇还希望能看看我的小样。这么说来，我们应该通过大卫·林奇在巴黎的新闻专员把我的短片发给他……滔滔不绝间，我突然意识到自己已经想不起来这位新闻专员的名字了。阿克塞拉对我这半日的经历非常震惊，挂电话前，她说："我想，下周一我就能得到对方的反馈了。"

她在说什么？噢！《哈利·波特与火焰杯》的试镜差点儿被我忘到九霄云外……一下子遇见了两位才华横溢的导演，这是怎样的一天啊！

周一，我得知片方选出了五位候选女演员，其中就包括我；但没过几天，经纪人告诉我，片方将筛选范围缩小到两个人。而我出局的原因竟是个子太高。结果令人沮丧，但这种偶然因素是谁也无法预计、无法控制的，就像是面对捉摸不定的大海，人们只能由着它肆意妄为。

从少年时代起，海洋就令我着迷，让我思索，使我平静。我13岁时开始学帆船，玩冲浪，广阔无垠的蔚蓝海洋，安抚着我浮躁的心；凛冽刺骨的海风、泛着碘味的海水，时刻提醒着我：我是一个有感知、有思想的人。生活，也是一片汪洋。它时而平静，清风拂过海面，粼粼微波将船客平稳安全地送达港口；它时而暴躁，狂风巨浪翻涌迭起，船客们困于其中，惊恐迷茫不见天日。

20岁时，我曾写下这样一段文字："有人曾对我说，'演员不是后天习得的，我们生来就是演员'。我就是这样的人。我，白露娜，是一名演员。更准确地说，我是一名'初出茅庐的年轻演员'。我知道，在演员这个行当里，学无止境。我们总是希望能够抓住那些转瞬即逝的东西——生命。20年前，我来到这个世界，很快就确定了自己的目标——成为一位有魔力的演员。为了实现这个目标,我报名参加业余戏剧课,进行各种各样的兼职、实习,参加许多短片的拍摄,在阿维尼翁排演戏剧,拍摄各种广告、两部电视电影,还有众多影视剧试镜……"

和出海的掌帆人一样,演员是一种职业。这没什么好解释的,历来如此。还记得当初我走上演艺道路之时,有人跟我说:"好吧,你去吧。不过,如果几年之后这条路走不下去了,你就应该考虑做点别的,从事真正的职业。你得给自己定个年限。"

我回答:"听说至少要演10年才行。"

"可以。但如果10年之后你还没有成功,你必须重新择业,比如工程师就不错,你总得让你的文凭派上用处。"

如果我没成功……可成功,究竟是什么?这是一个非常主观的概念。演员的成功又代表着什么呢?在很多人眼中,做一个家喻户晓的演员,就是成功。然而,无论是在荧幕或舞台上,广告还是电视中,除了主演明星,还有无数的配角演员。也许观众叫不出他们的名字,但他们的确以演戏为生。一位选角导演曾经告诉我,当我们以演戏为生时,我们就成为了演员。试想一下,当我们每天清早醒来,梳理今日的工作时,恰好发现这些事情都是自己的爱好、兴趣。这样的生活,难道不是成功的吗?从另一方面来讲,艺术职业与传统职业不具有可比性:因为后者的职业发展与等级、阶级密不可分。即使是最伟大的艺术家,也有很多是在逝世后才得到世人的认可的。难道梵高会因为没能取得与他的同代画家一样的巨大成功，就停止作画、放弃他的绘画梦想吗？那么，沉寂了半个世纪、直到天命之年才声名大噪的路易·德·菲奈斯（Louis de Funès）①呢？还有直到85岁高龄才首获奥斯卡提名的埃玛妞·丽娃（Emmanuelle Riva）②呢？我想，那些望而却步、转身离开去找寻"真正职业"的人，他们没有锲而不舍的信念。热爱的事业、追求的梦想，这是我们活下去的理由，我们不会气馁，不会妥协。否则，生命还谈何意义？

蔚蓝的天空，
辽阔的苍穹，
这是少年时代的黎明。
叛逆的少年，我的思绪彷徨、辗转，变了模样。

有些时候，沉默是最好的选择。我清楚地知道自己决不会定下一个这样的"最后期限"。面对这样的要求，我缄默不语。我想当一名演员，这是我内心最深处的呐喊。梦想从来都不是审慎理智的。如果一个人有着笛卡尔般缜密的逻辑与理性，那么他是无法成为演员或者艺术家的。可以

---

① 路易·德·菲奈斯（1914—1983），法国著名喜剧大师，成名作《穿越巴黎》，代表作《虎口脱险》。
② 埃玛妞·丽娃（1927—2017），法国女演员，1959年出演《广岛之恋》，2012年出演《爱》。2013年，获得第85届奥斯卡金像奖最佳女主角提名，成为奥斯卡历史上最年长的提名者。

说，这不是一份有安全感的职业，被拒绝是常事，也许 20 次"不，您演得太过了"或者"这里还不够"才能等来一次"可以"。只有用强大的内心武装自己，方能跨越这些无处不在的"礁石"。

有些人如同在大海里畅游的鲨鱼，尽情享受这天堂般的乐园，尤其喜欢围绕在年轻靓丽、经验不多的新演员身边。刚起步时，我曾被选中担任一部电影的主角。导演很忙，马上要去外省出差 3 天，为另一部电影选择拍摄地。通常来说，演员与片方会在开机第一天签订合同——不到最后一秒，谁也不知道会有什么变故。而这几天，是我们唯一能反复沟通并确认我出演女一号的机会。我有些焦虑，打电话给经纪人。阿克塞拉认识这位导演，安慰我说一切都会顺利。我随导演离开巴黎，内心仍有一丝担忧。第一天，一切正常。第二天午饭快结束时，导演向我发表了一通雕琢精细而又隐晦委婉的讲话：他发觉我是一名非常优秀的演员，而他，只有与演员达到百分之百的糅合才能发挥出最佳水平；而且，他已坠入情网，爱上了我……总之，只有我和他在一起，他才能把这个角色给我。每谈到一个观点，他都会大篇幅地论证说明，无尽的甜言蜜语，却又无一不是虚情假意。我思忖，他无非是想说："若想拿到这个角色，必须和我睡觉。"我感觉自己好像是一只在乱象迭生的热带水域里迷路的小虾米，身后还被一只肆无忌惮的大鲨鱼穷追不舍。我参加了无数次选角面试，终于拔得头筹，现在却要让我接受"潜规则"才能拿到角色？

真是太恶心了。我一言不发,吃惊地说不出话来,震惊、愤怒之情难以言表。

　　导演信誓旦旦地告诉我,这样的要求是很正常的,绝大多数导演都是如此。他还给我举了几个明星的例子:如果罗杰·瓦迪姆(Roger Vadim)① 不是和碧姬·芭铎(Britgitte Bardot)② 同居,他绝不会在电影《上帝创造女人》(Et Dieu créa la femme) 中捧红芭铎,是他将她打造成了一颗冉冉之星。言下之意,所有成名的女演员都曾被"潜规则"过。我未曾想到,演员竟是这样的职业,我决定不卑不亢地拒绝他,而不是直接与他冲撞,尽量不表现出我对他的反感与憎恶——不管怎么说,作为一名演员,假装温柔体贴、善解人意不是什么难事。见状,导演改变了策略,开始指责我,企图从思想上控制我——是我太迷人了,是我勾起了他的欲望,都是我的错。他把一切都归罪到我的身上,这行径,和那些性侵犯者又有何区别?这分明就是刽子手将受害者的头颅按在断头台铡刀之下时的魔鬼行径。

　　晚上,我们在另一个城市入住酒店。我竟发现只有一个房间是预留给我们的。当然,这一夜,酒店的入住情况是"爆满"的。此时已是深夜 11 点,他安慰我说,我们二人可以同床共

---

① 罗杰·瓦迪姆(Roger Vadim, 1928–2000),法国导演。1956 年的导演处女作《上帝创造女人》把碧姬·芭铎一举捧红。
② 碧姬·芭铎(Brigitte Bardot),法国电影女明星,昵称 BB。1952 年,她身着比基尼出演首部电影《穿比基尼的姑娘》,一举奠定自己性感女神的地位。同年,她与罗杰·瓦迪姆同居。1956 年,她出演瓦迪姆的电影《上帝创造女人》,与玛丽莲·梦露并称西方流行文化性感象征,被视为性解放的代表人物之一。

眠，不会有任何危险。我说我想出去透透气，然后走出了酒店，走在大街上，流下了屈辱的泪水。翌日，我刚回到巴黎就给经纪人打电话，要求与她紧急会面。我冲进她家，把两日来的遭遇一口气说了一遍。

我问她："要以'潜规则'换得角色的导演占了几成？"

阿克塞拉是一位美丽精致的女人。50多岁的她已经在演艺圈里摸爬滚打了30多年。面对我的慌乱与惊恐，她不急不慢地拿出一根细长香烟，抽了起来，优雅中透着些许漫不经心。那神态，让我仿佛看到了葛丽泰·嘉宝 (Greta Garbo)。缓缓吐出一缕青烟，她终于开口了，带着昔日邦女郎的语气，肯定地说：

"百分之六十。"

面对她的坦诚，我松了一口气。经历了昨夜的噩梦，我甚至都不敢奢求这样的数字。我做出了决定：

"很好。从今以后，我只与那另外百分之四十的导演合作！"

这样，我的演艺工作还留有余地。

我的经纪人闪着狡黠的目光，向我吐露一句箴言：

"露娜，你怎么决定都可以。但是，永远不要直面回绝他们，要留给他们一丝希望。告诉他们，你现在有爱人，或者有男友，说什么都行。但要让他们相信，也许在将来的某一天他们的愿望会实现，他们还有希望，这就是成功的诀窍，也是你唯一的机会。要知道，有些导演，你是永远都不要与他们合作的。"

她举了几个大导演的名字。

好,就这么说定了。

面对人生道路上的处处暗礁,我们必须在内心深处点亮一盏明灯。这盏灯也许会被浓雾笼罩,抑或是被深山茂林遮挡,但只要有一丝光亮,便会照亮我们前进的方向,告诉我们,选择是正确的。是的,面对风浪,我们应该直面搏击,我们应该有这样的信念和追求。在我看来,如果说机会如流水,去而不复返,那么越努力工作,机会就应该越多。为了成龙电影的试镜选拔,我押上了自己全部的运气。在这之前,我曾在美国洛杉矶认真刻苦地学习戏剧表演。班上的同学都是美国演员,老师则是久负盛名的大家。当然,仅仅学习是不够的,需要不断实践,寻找机会试镜试演,而这并非一件容易的事。《十二生肖》的选角导演认识我,是因为几年前我曾参加一些公司宣传片的试镜遴选,当时的面试就是由他负责的。拍摄宣传片不是什么大作品,很多人都瞧不上这沙洲的一粒沙。但这也是机会、积累。"不积跬步,无以至千里;不积小流,无以成江海"。

心中要有一盏明灯,更要有自信。自信,好比助推帆船前行的一阵清风;有了自信,通往成功之路便已经走了一半。诚然,人不能过于自信,过于自信是一个危险的状态,濒临颠覆的边缘;适当地思考、质疑、反复推论,是很有必要的。但是,有的时候我们必须给予自己绝对的自信。它犹如海底涌起的层层巨浪,为我们助力,推动我们前行——试镜,就是这样的时刻。

2011年5月13日，星期五，这是五味杂陈的一天。向往、幻想、幻灭、畏惧、焦急、恐惧、幸福……三年前，我曾参加一部成龙电影的试镜，饰演一位伯爵夫人的小孙女。试镜评审有：影片的法国选角导演保罗·米希诺（Paul Michineau）、法国电影监制伊夫·克里森（Yve Cresson）以及成龙的首席助理王方卉，他是特意从北京赶来进行试镜评选的。试镜结束后，我没有再收到任何消息，有人告诉我，电影将延期拍摄。然而，几天之前，我接到了保罗打来的电话：

"成龙来巴黎了，他希望见你。3年前你曾为他的一部电影试镜，这一次，这部电影真的要开拍了。"

此时的我还在法国南部小镇昂蒂布，我有些犹豫：

"这次试镜，成龙会亲自来吗？"

"当然。"

我不敢相信自己的耳朵。如果他真的来，我肯定要跳上第一辆回巴黎的火车！想要验证这究竟是不是真的，只有一种方法：10点30分，我到达片方在巴黎的驻地。这里是巴黎十三区，中国城就在不远处。我走在楼道里，一旁会议室的门大敞着。我向屋内瞥了一眼，一下子就看到了人群中的成龙：他正和周围的人热烈地讨论着。我对自己的悄悄闯入感到不好意思，怯生生地向另一个屋子走去——有几位演员已经在那里等候。想到即将与成龙面对面，我心中不免有些忐忑。有人对我说,成龙的工作方式与众不同,演员直到试镜之前才能拿到剧本。

等候室里,四位男演员和一位女演员坐在那里。我没看到选角导演,却发现一张桌子上放着试镜用的剧本。我走向几位演员,询问他们是否知道哪份台词是我的。男演员们正在抓紧时间熟悉台词:"不清楚,我们只知道男性角色的分配。"说罢,他们的目光投向那位女演员。

女孩噘着嘴,很不情愿地开了口:

"有两个角色。估计你是为了演'可可(Coco)的朋友'来的吧?"

"不,我是来试演女伯爵夫人孙女的。"

女孩看我的眼神一下子变得凶狠凌厉起来。我明白了,我们试演的是同一个角色。我开始自己翻看桌上的剧本。

"女伯爵的孙女,她叫凯特琳(Katerine)对吧?"

"是。"

我一把抓起长达8页的英语台词,留给我准备的时间不多了。选角导演又回到了等候室。他向我透露,成龙昨天晚上已经见过那位女演员了。今天,她穿了一双高跟鞋。可即便如此,我还是比她高一截。前几天就有人提醒我,说我太高了,不适合这个角色,而他们要找的是一个比成龙矮的女演员……

我集中注意力,全身心沉浸在台词中。这份剧本讲述的是"我"高祖父曾经历的一次海难,内容繁复,用词也非日常对话的语级，处处都有"陷阱"。轮到我了。我走进试镜室，10个中国人坐在我对面，其中就有成龙。这一瞬间很是震撼，我第一次感受到自己的渺小，不，是几乎要被淹没。我开始演绎自己的台词部分。演毕，10位评委开始讨论。他们说着中文，仿佛我不存在一般。我不知所措地站在那里，很是尴尬，不知道他们在说些什么。突然，成龙站起身来，快步向我走来，在我身旁站定。我知道，他们一定是在估测我的身高。我穿着平底鞋，努力往下缩，同时稍稍动了动胯部，让自己显得矮一些。但愿他们没有发现我的小伎俩。等等，这一幕怎么似曾相识呢？几年前的《哈利·波特与火焰杯》……唉，为什么我要长得这么高呢？看着我的身高，他们像是说了很多中文的感叹词。短短几分钟却似度日如年。终于，成龙回到座位上，评审中的一位男士——后来我知道他是成龙的首席助理——用英文问我：

"给您20分钟的时间。20分钟后您能否脱稿表演？"

这是个好兆头。我压制住内心的紧张，舒了一口气。我转向成龙，用英语问他：

"我可以将整个场景复原。不过，万一我没能想起剧本中的精准字词，我可以在保留原文意思的基础上，即兴发挥一些吗？"

"可以，你可以即兴发挥。"

我紧张的心情放松了些许。我打开大门，走了出去。其他演员仍在焦灼地等待，紧张、恐惧……如无底的大海将他们吞噬。楼道里的气氛紧张压抑，像是弥漫着一片看不见的阴霾，令人焦躁不安，就连四周的墙体和窗户仿佛都冒了汗。

我从楼道里出来，做了一个深呼吸。5月清晨的空气令人精神抖擞。一位瘦小的阿拉伯人招呼我坐在他那棵茂密的橄榄树下。我拿着台词，反复低声诵读，努力记忆着。不过我明白，20分钟内，将8页的英语对话一字不差地背下来，这不现实。我努力让自己平静：我对英美文化有着足够的了解，我曾追随美国最有名的即兴表演团体"底层剧场"(Grounding)的创办人加里·奥斯汀 (Gary Austin) 学习即兴表演；我还在好莱坞参加过冷读术 (cold-reading) 作坊，每拿来一份剧本就即刻表演——可以说，那里的演员接受了最好的训练，也做好了最充分的准备。我在洛杉矶上戏剧表演课时，周围的同学都是美国人，因此我的英语也还不错，一定比那些不愿跨出国门的女演员强。一切都会顺利的，我比其他人更有优势，我应该对自己有信心，我这样暗示自己。

一位助理来找我，她将为我配戏。我有些焦虑：这段台词中，应该有两个角色与"我"对话，但现在搭戏的助理一个人将读这两个人物的台词，我如何才能知道谁是谁呢？更难的是，这场戏里有一部分是中文台词，而法国助理将用英语念这段话，我必须知道他什么时候读中文台词部分，才能适时地表演出"我"什么都没听懂的样子。我像是被困在一摊沼泽之中，毫无招架之力。突然，我想到一个点子：要是在试镜之前能悄悄跟她说一下……我们一起走入试镜室时，中国评委们正在交谈。抓紧这几秒钟时间，我向那位助理请求道：

"一会儿您读到中文台词部分时，可以举手示意我一下吗？"

她答应了。

评委们的视线转向我们。这个办法虽然救我于水火，但却也把决定权从自己身上交了出去。无论是导演还是制片人、选角导演，他们都希望能够找到一个可以控制整场戏乃至整个剧的演员——面对突如其来的变化，他不会惊慌失措，依旧信心满满、应对灵活。他应该是一位受过良好训练、能毫不犹豫地执行片方指令的演员，把"没问题"挂在嘴边，敢于尝试新鲜事物，接受挑战。

表演完毕。新的一轮中文讨论开始了。随后，首席助理转向我，让我下午过来试装。我精神一振。走在这条巴黎十三区的小路上，我看着道路两旁漂亮的红顶小房子，幸福与激动涌上心头。

下午试装后，艺术总监又为我拍摄了一组照片。这时，一位看上去50岁左右的中国女士向我走来。她自我介绍：Barbie，董韵诗，电影监制人。我的思绪开始翩翩起舞：电影的监制人来见我，这一定是个好兆头！我急切地等待她的下文。董韵诗说，今晚，片方所有人会一起吃饭，成龙希望能邀请我参加。晚上7点会有人给我打电话，告知我用餐时间和地点。我一回到家就将屋里的钟表、腕上的手表精准对时；

手机不离手,生怕错过来电铃声。我从未感觉到时间过得如此缓慢。手机始终沉默着。墙上的钟表"嘀答""嘀答"地响着,轻微的声音落入我的耳中,亦如一把利刃剜进我的心里。我的心被痛苦和怀疑割搅着:难道成龙改变主意了,他们或许找到更合适的女演员了……19点整:钟声再次响起,手机依旧没有任何声音。嗯,估计这事黄了。我很失落,但转念一想,这么美的事怎么就能落在我头上呢? 19点30分:看来,这已经是板上钉钉的事了,不用再期待什么了。我逼迫自己想点其他事情,准备给自己做晚饭。19点50分:我的手机突然尖叫了起来,好似一片绝望雾雨中响彻天际的雾号①。一定是他们!我屏住呼吸,接起了电话:

"10分钟之内,你能赶到香榭丽舍大街上这个意大利餐厅吗?"

我瞅了一眼手表。

"我尽量,但可能需要20～25分钟,可以吗?"

"可以。"

放下电话,我激动地跳了起来。手忙脚乱地收拾好自己,竟有些气喘吁吁。

到了餐厅,我被径直领到餐厅最里面的一张大长桌上,10多个人围坐在一起。成龙示意我坐在他的对面。我,坐在成龙的对面,坐上座? 我有些拘谨。成龙精神饱满、意气风发,

---

① 雾号,大雾时发出响亮而低沉的声音以警告其他船只的一种喇叭。

说话快速，做事果断，观察敏锐，虽然他坐在那里，大家还是可以感受到他身上散发出的运动气息。他很有亲和力，甚至还记得我试镜时曾说过的话。制片人给我倒酒时，他代表我挡了这杯酒：

"不不，她不从喝酒，也从不抽烟。"

他询问我的演艺历程。

"我成为一名专业戏剧演员已经10年了。此前，我是戏剧爱好者，从12岁起就开始排演话剧。"

我开始回忆自己这20多年的人生轨迹，思绪飘到了第一部话剧——让·阿努伊（Jean Anouilh）[①]的《窃贼们的舞会》（*Le Bal des voleurs*）。当时，戏剧班的学生大多是女孩子，我觉得拿到女主角的机会实在太过渺茫，于是将目标对准了男主角。最终，其他人还在相互"厮杀"时，我几乎不费吹灰之力就拿下了男一号。各个班都来看，我们演了好几场。我演得很是过瘾：粘着胡子，压低声音，让声线变得粗犷，连我的堂兄都没认出我来。要是现在我还能申请饰演男性角色，我一定会努力尝试的。一般情况下，电影里每设置一个女性角色，就会搭配3～4个男性角色。而且，演艺圈里的女演员数量要远多于男演员。

从那部戏以后，我的发展一帆风顺。我从没想过有一天能够登上巴黎的舞台，面对一位国际巨星讨论一个可能属于我的角色。成龙热情洋溢地向我叙述电影的情节脉络，在谈

[①] 让·阿努伊（Jean Anouilh, 1910–1987），法国剧作家。

到"我"的角色时,他用了代词"你":

"你邀请我们到你祖母的城堡做客,你要这么做,这么说……"

我可以理解为,我拿到这个角色了?太好了!但没有任何一个人明确地告诉我这个结果,我也不敢去问。一旁的制片人开始问我一些更具体的事情:我是否曾在中国工作过?我是否喜欢旅游?

晚饭后,成龙请大家一起去雅典娜广场喝一杯。夜幕下,我们分坐在酒吧的露天座上,中间隔着一道茂密的篱笆。四周人来人往,我听到有些人,或用英语,或用法语,连连惊呼:"快看,那是成龙!"我没想到大家的观察力竟如此敏锐。要是我走在这蒙田大街上,一定什么都看不出来。与众人离别时,上午为我搭戏的那位女助理悄悄地在我耳边说道:

"我很高兴你能成为第一候选人。你今天上午出现在试镜室时,我就在想:'如果她会演戏,那就是她了!'你站在那里,我仿佛就看到了剧中的'她'!"

由此,我终于知道了,这个角色的第一候选人是我。

演员的工作总是充满了变数,而我,则尤其享受这种变数。演员的工作,永远不知道第二天会发生什么,一切皆有可能,这和每天一到办公室就知道当天会发生什么的生活不一样。我们无法计划何时去何地旅游,不能确定三个月后要做什么……我们须对一切可能发生的情况有所准备。

2008年11月18日，星期二。这周没有什么试镜机会，生活如水般平静。我仿佛嗅到了危机的味道，迫切渴望周四的到来，因为我将赶赴汉堡见一个"法德"联合制片组。幸亏还有这样一次约谈，否则，大概12月底之前我都没有什么可做了……我刚参加完一个"腿模"试镜，报酬少得可怜。突然发现下午2点半时曾收到一条电话留言——是选角导演克莱尔·古朗日。她问我明天是否有时间拍摄一则广告，如果有，那么要赶紧与制作方见面。我立刻按照号码拨了过去，没人接，又打给克莱尔。她说，我应该在3点半前回复她。糟糕，现在已经4点了，但愿这语音信箱可千万别让我丢了工作。克莱尔直接把导演的电话给了我。我连忙打过去，心里默默祈祷，希望这通电话不算太晚……电话通了：必须马上见面。事实上，这次拍摄是要重新翻拍一则由妮可·基德曼（Nicole Kidman）① 主演的美国广告片，在法国版中，我将饰演丽娜·雷诺（Line Renaud）② 的助理。导演把视频通过邮件发给我，我赶紧梳洗打扮。

17点30分：我来到制片方所在地——漫长的等待。另外一个女孩也来为这个角色试镜。其实，长长的试镜名单上已经有了10余人的名字。导演保罗·米格诺特（Paul Mignot）直

---

① 妮可·基德曼（Nicole Kidman），澳大利亚女演员、制片人。她是奥斯卡奖、金球奖以及柏林电影节在内的多个最佳女主角奖获得者。
② 丽娜·雷诺（Line Renaud），本名雅可琳·恩代（Jacqueline Enté），1928年生于法国北部，著名演员、歌手。1954年赴美发展，是在美国获得巨大声誉的为数不多的法国艺术家中的一位。曾演唱著名歌曲《我的加拿大小屋》（*Ma cabane au Canada*）等。

接对我们两人进行试镜考核。他让我们反复尝试了很多镜头,说我们两个比之前试镜的那些演员优秀多了——她们表演时很吃力,而我们则很自然、顺畅。

19点:试镜结束。今天晚上,我本该为一名高中毕业班的学生辅导数学,但因此耽搁了。我想,这个角色应该在我和那个女孩之间产生。

20点:我回到家冲了个澡,随便吃了点晚饭。

21点:我走出家门,打算去看场电影。

21点18分:到达影院时,影片已经开始了几分钟。电话铃声一直没有响起,看来又泡汤了。算了,至少我今晚能欣赏一部凯拉·奈特莉(Keira Knightley)主演的电影。

23点:走在地铁站台上,我重新开了手机:五条提示蹦了出来。我听了第一条留言,成功了!我赶紧把电话打过去,希望他们不会因为没能联系上我而改变主意选择另一名演员。我打通了制片负责人的电话,此时,第二个电话也接了进来——是首席助理。只听电话另一头的他长舒一口气,终于联系上我了。广告拍摄确定在明天早上7点半,奥尔良门。挂断电话,我调出了所有待查留言:有首席助理的几次来电提示,有导演的一条留言——他表示很高兴与我合作;选角导演也给我发来语音留言和短信,说是联系不上我很着急;还有制片方的负责人、舞台监督……一片恐慌。

我的脸上露出了笑容,这样的事我还从来没遇上过。直到下午4点之前,我还独自在家,无所事事。可接下来,试镜,筛选，确定第二天一大早的拍摄，这一切都发生在24小时之内。当我向别人解释，我不知道明天的工作、生活会怎样，他们都难以置信，因为绝大多数人都习惯于提前制订计划，最担心意外、偶然、变故；而我的生活就是这样，充满了变数。

经常有人问我："假设不当演员，你会从事什么职业呢？"这个问题，我难以回答；那样的情形，我也难以想象，因为除了演员，我什么也做不了。我假想自己遇到了严重车祸，只能坐轮椅甚至是卧床度日……总之，因为这样那样的客观原因，我不能再演戏了。那么，我会做什么呢？我想，大概会当个作家吧。作家也是一个能够将成功机遇把握在自己手中的职业：要在对的时间遇到对的编辑，这就像演员和导演之间的关系，导演需要演员演绎，演员需要导演成就。诚然，成功需要勤奋、努力和天赋；但在艺术领域，机遇也是成功的决定性因素之一。机遇如同水磨坊的水轮，不停转动，无限轮回。

写作这本书，就如同进行长距离游泳。刚开始时，我还没有进入写作的状态，只能用脚尖点点水，伸进去，又撤回来，慢慢适应，因为万事开头难。如同跳入冰冷的海水中，即使轻柔的海风吹在身上竟也变得凛冽；但是游了40分钟之后，肌肉如同得到按摩一样舒展，身体自由畅快地呼吸，我们身心愉悦，精神抖擞。每当我沉浸在写作之中时，思如泉涌，落笔如行云流水，畅快淋漓。创新推动创作，创作激发创新。一个思绪迸发，随之有千百种想法喷薄而出——这对我的思想，又何尝不是一次机遇呢？

机遇很重要，"风水"也同样不可忽视。中国有句俗语：一命二运三风水。"风水"之道，讲究的是生命必需之能量的畅通循环。这种能量可以带动机体内"水"的流动——这是一股纯净、有活力、令人愉悦的水。在中国的传统文化中，世间万物的形成离不开五种元素，即金、木、水、火、土——它们相互作用，达到平衡，这是人们追求的最佳状态；任何一种元素过弱或过强都会造成失衡。我布置自己在巴黎的住处时，便根据这种思想，独辟出一块安静、整洁的区域——坐在这里，我能找到舒畅的心情，有着强烈的安全感，心灵得到休息。"风水"还能给我们带来好运。例如，摔碎的东西应该丢弃，装饰卧室时应该选择柔和的颜色，睡床应避免与门正对，摆放办公桌要注意朝向，以免人在工作时背对着门窗……这些事情凭直觉我也会去做，但只有将其白纸黑字地写下来才能坚定我的想法。

然而当我发现我在中国都没有很好地遵循"风水"时，内心的诧异甚至是震惊难以想象。我先后在北京、台湾地区停留，发现入住的酒店似乎对整个建筑的外观和房间内部的设计、布置毫不在意——实用远重于美观与和谐。

2012年1月，几日海上之旅后，我兴冲冲地在台湾地区登岸。到了酒店，我发现自己的电脑检测不到无线网络信号。我打算到前台说明问题，正好碰到了剧组摄制团队的技术人员。他们也发现了这个问题，告诉我网络连接是在走廊的天花板中央处，只要在附近商店里买一条以太网连接线，酒店的技术人员就会帮我弄好。台湾是计算机技术发展的天堂，每个街角都挤满了计算机器材店，很容易就能买到这方面的东西，价格也很便宜。几分钟后，有一个工作人员就来到我的房间门口，搭梯爬到天花板处。他取下一块落满灰尘的乳白色屋面板，在露出的又黑又脏的黑洞里捣鼓起来。5分钟后，他成功接上一根数据线。长长的连接线从天花板坠到地上，穿过我的房间，直到窗边的办公桌。那块屋面板又被安了回去，但是歪的，因为连接线卡在那里。安线的小伙子向我微笑示意，然后走向门外。

我愣住了：他就这么走了？一根满是灰尘的连接线直接从屋顶耷拉到地上，穿过我的房间，还有一块没安回位置的屋面板，就都不管了？他转身对我说："这样就可以用了，对吧？"很实在的一句话。是的，当然可以，但这看上去也太丑了。而且，这样一根长线落在地上，很容易将我绊倒。我站在屋子里，环顾四周：眼前是起皮掉漆的老式家具，脚下是陈旧的地毯，在20世纪50年代装修风格的浴室里，淋浴区的帘子是用塑料布做的，瓷砖极像寄宿学校里用的地砖……的确，这些都能使用，也都很实用，可是这太丑了。如此一看，眼前这根垂着的连接线也并不会有碍观瞻。我无奈地笑了：自己的想法是多么天真。我以为，无论世界哪个地方的酒店，都不会让一根连接线这么耷拉着，人们一定会多花些力气，把天花板安好……

第三章

土

记忆

花落归尘香未尽。

我有着超强的记忆力,而且上预科班时,正是这顽强的记忆力拯救了我的数学与生物。此前,妈妈就曾向我讲述她学习高数时的黑暗阶段:数学作业负担很重,而她做题速度又不够快,因此经常学至深夜;可长时间的睡眠不足又导致大脑反应愈加缓慢,如此便形成了一个恶性循环……其实,我对数学也不甚敏感,但在数学题上浪费的时间很快就在生物上找回来了,良好的记忆力使得我能迅速吸收、理解大量信息。如此一来,我一般23点前就能上床睡觉。回想起那段时光,我依稀记得自己总是磨磨蹭蹭不愿去睡觉:小孩子总是身在福中不知福。等到被作业弄得疲惫不堪时,他们就知道争取睡觉的权利了——睡觉,这可是一件奢侈的事情,尤其是在预科班阶段。那时,我的一些朋友每晚学到凌晨1点才能睡觉,到了白天,他们早已疲惫得听不进课了。看到他们这样,我很是痛心。我总是让自己尽可能地多休息,这样才能在课上尽情汲取老师讲解的知识,让头脑运转起来,以便减轻课后的学习负担。

如果说我的记忆力还不错,那么我外祖父的记忆力堪称一绝。外祖父身材修长笔直,炯炯有神的浅褐色双眸透出精明与智慧,花白的头发微微卷曲,红褐色脸庞上的一撮胡子让他看上去格外严肃。我的身材就是继承了他的良好基因。我还从他那里继承了对厨艺的热爱,尤其是家常的德式面疙瘩和法式小牛腰。由于战乱,高中会考后他没能继续学业;为了逃离纳粹的入侵,他离开了德军占领区阿尔萨斯,最终退到了非占领区洛林,也正是在这里,他遇到了我的外祖母——一位身材娇小、金发碧眼的女士,她脸庞精致,挽起的发髻优雅动人。她的父亲,也就是我的曾外祖父,是位石雕匠。

童年时,我每个假期都会回默兹省陪伴外祖父母几日——那曾是外祖母的父母居住的房子,置身其中,仿佛时间静止在20世纪60年代。宽敞的花园里,大自然重获新生,将生机勃勃的春天带给我们。春天是我外祖母最喜欢的季节,也是吃羊肚菌的好时节。我们整天在院子里锄地、除草、翻土、耙地、播种。

我的外祖父很早就开始工作了。出于对船舶的痴迷，他进入一家海上运输公司，从最底层做起，慢慢他越来越成熟，越来越职业，在工作上追求完美，热心服务于他人，不计回报。凭借着脚踏实地的工作精神，他逐级升迁，成为集团里的财务总监。外祖父性格乐观幽默，是坦诚实在、忠诚可靠的典范。他喜爱科学与文学，喜欢阅读，擅长绘画，总说等到真正退休的那一天，他就可以沉浸在书的海洋中——其实，他早已从工作岗位上退了下来，并把大部分时间和精力都投入到慈善事业中。担心自己老了之后记忆力衰退，可其实这只是天方夜谭，他能准确无误地说出酸奶含有的两种主要菌类的名字：保加利亚乳杆菌和嗜热链球菌；而我，两个月前刚刚研究完这个课题的人却已经忘得一干二净了。

人类的大脑有着数不清的沟回皱褶，被称为脑沟，记忆就贮存于此。这就像是一个神奇而有魔力的秘密花园，记忆在这里被分析、被分类、被处理。集体记忆是一个群体共同拥有的一段回忆。无论这是一个小众团体，抑或是人数众多的组织，甚至是一个民族、一个国家，他们都共同享有对传统、文化、历史元素的记忆。为了能时时回忆起那些灾难、战争，为了向英雄致敬，向逝者寄托哀思，人们建造起一栋栋纪念性建筑。

风暴

2001年7月的一晚,一场风暴席卷斯特拉斯堡,带走了许多人的生命。此诗向罹难者致敬。

风在吼,
雨在浇。
枝杈肆意地作响,
寒冷疯狂地碾压。
扭曲了树枝,
折断了树干,
树身被踩躏。
尖叫声划破天际,
一切归于平静。
几个人躺在地上,
纹丝不动,
静默,
如木雕泥塑般。

一些电影、演员和影视片段也属于一种集体记忆,例如玛丽莲·梦露(Marilyn Monroe),还记得她双手按住随风扬起的白色裙摆的那一瞬吗?她是那么的热情洋溢、光彩夺目!她那一刻的风采深深地印在我们的脑海之中。我有预感,作为唯一一位将武打与喜剧融合在一起的演员,作为"东方的查理·

卓别林",成龙也将会成为一种集体记忆。

在北京拍摄时,拍摄场地的寒冷与黑色尘土让我们束手束脚。成龙告诉我,他年轻时,李小龙(Bruce Lee)的鼎鼎大名无处不在,这个领域里根本没有其他人的位置。所有练习武术的年轻人都争先模仿李小龙,将其奉若神明,他的雕像随处可见,人们都热衷于追捧"新李小龙"。成龙却反其道而行之,打破这段集体记忆:李小龙出拳既快又狠,成龙则独辟蹊径,创新一招拳式,故意装出手被打得极痛的样子,令荧屏前的观众捧腹大笑。

与集体记忆相对的是个人记忆。这种记忆带有私人性质,如一个人曾经的喜好、逝去的亲友、已发生的事件——无论是意义非凡的大事还是微不足道的小事,它们的存在都是时代的标记。此外,还有对整个人生的记忆。

记忆有三种类型。

感官记忆,指的是个体因视、听、味、嗅、触等感应器官受到刺激而引起的瞬间记忆。感官记忆极其短暂,其持续时间与各个感觉器官的感知紧密相关。

工作记忆,也称为短期记忆或中期记忆。借助这种记忆,我们可以完成记数字、找钥匙、找眼镜等任务。工作记忆的容量有限,因而它会自动删除无用信息,以便腾出更多空间吸收新信息。通过不断的练习,短期记忆能力可以得到提高。这就像思想的"柔韧训练"一样,我们背诵的文本越多,就越容易学习新的知识。

长期记忆。这种记忆的容量是无尽的,能够贮存长时间甚至是一生的记忆。

探寻记忆的奥妙是一件很有意思的事情,但有些文字在我眼中不过是白色土地上黑压压的一片森林,这样的文章我很难记住。学习生物时,我从图表学起,很快就能理解并记住这些图表,也能将解释说明文字复写下来,以便论述某一主题。作为演员,我能记住剧本所要表达的意思以及与之相关的画面。对于一名演员来说,记忆力至关重要。当然,良好的记忆力有助于我们背剧本、记台词,但其意义远不止于此。我想,不光对演员,"记住含义"对所有诗人、作家的作用都非常重要——当他们希望以生动、鲜活的方式重现某一事件或某一场景时,他们便会沉浸在感官记忆中。

不知不觉中,感官记忆开始发挥其作用。从表面上看,感官传递给我们的信息被精要简练地储存在短期记忆中。如果有必要,这些信息还将被再次处理,并储存在永远都不会填满的长期记忆中。演员诠释角色时也是同样的道理:如果要拍一场走在海边的镜头,即使我们身处密闭的拍摄室内,也应感知到:海水咸涩的味道、海浪拍岸的声音、海风轻柔的抚摸……如果导演对我们说:"要从容、平静。"我们就要想象一个能让自己从容、平静的场景。

借助感官,我们就能重新找回隐匿内心深处的回忆与情感。而在清醒的状态下,我们甚至都意识不到这些事物的存在。马塞尔·普鲁斯特（Marcel Proust）[①]吃了一块玛德琳蛋糕，熟悉的味道令他忆起了童年，一时间五味杂陈。玛德琳的味道仿佛一道闸门，打开了他对一个人生重要阶段的回顾。我很喜欢利用味觉和嗅觉感受世界。每个季节都有其独特的味道，每一片土地都有其特殊的气息：春日飘浮着花儿的芳香；夏夜充斥着弗蒙特州与阿尔萨斯田野的温馨；秋天回荡着金黄落叶随风飘舞的韵味；冬日弥漫着圣诞节别致的气息。

肉桂细腻的芳香，
圣诞浓郁的气息，
阿尔萨斯的曲奇，
金黄诱人，味蕾垂涎。

每个人都应该寻找到自己独有的感悟方法。感官记忆这一概念是由表演指导李·斯特拉斯伯格（Lee Strasberg）首次提出，在他看来，这一表演技巧将伴随演员一生：学习深度剖析自我；探寻能够激发各类情感的感官记忆；明确什么会让我们平和、幸福，什么能让我们失神、疯狂，什么能让我们低沉、神伤。为了提高这种从记忆中调取感官记忆的能力，我们学

[①] 马塞尔·普鲁斯特（Marcel Proust, 1871–1922），法国意识流小说大师，名作《追忆似水年华》被认为是 20 世纪世界文学史上最伟大的小说之一。这段在法国家喻户晓的关于小玛德琳纳蛋糕的描写即出自该小说第一部分"在斯万家那边"。主人公"我"将金黄的小蛋糕在椴树茶里泡一下，再轻咬一口，往昔的回忆涌上心头。

习各种演绎技巧,一个记忆"工具箱"由此产生,供我们挖掘。

上学期间,我经常利用课余时间参加各类戏剧演出以及短片的拍摄。一天,我接到了一位印度导演的电话:他将在阿维尼翁艺术节①——非官方戏剧节上排演一部戏,他想邀请我担演剧中的主要角色——一位"印度公主"。我不禁满腹困惑与疑问:他若是见到我真人就会明白,我可以长得像任何人,但唯独不像印度女子,这不符合我的风格。我第一次去排练时遇见了导演——一位60岁左右的印度人,体型微胖,顶着一头花白的自来卷发。剧组里还有四位女演员,虽然她们也都是法国人,但却是清一色的深褐色眼睛,加上妆容,她们完全可以扮演印度女子;而我则不然。这位导演曾将著名印度小说搬上舞台,并在其中扮演"国王"这一重要角色。令我大吃一惊的是,他竟安慰我说:印度北部的女子大多是金发碧眼的。一位像你这样的金发公主,这非常完美!听了这话,我很高兴,转念又变得紧张起来——我是剧组里年龄最小、经验最少的演员,与众人站在一起,我感觉自己被忽视了。

7月,剧组全体成员出发前往阿维尼翁。我失望地发现,我的工作不仅限于舞台之上,还包括白天在早已布满海报的城市的每一寸皮肤上粘贴宣传海报,身着印度服饰、带着妆

---

① 阿维尼翁艺术节于每年夏天在法国阿维尼翁市举办,由"官方艺术节"(Festival In)与"非官方艺术节"(Festival Off)两部分组成。两者相互补充、交相辉映,让艺术节成为正规艺术家、街头表演者真正的表演天堂。

容穿梭于美丽的老城小巷，卖力地散发宣传单，向路人推销我们的话剧。我们的话剧在一个小剧场里上演，每晚 8 点黄金时段。作为"非官方艺术节"的演职人员，我可以免费观看这里的所有演出。于是，贴海报、发传单之余，或是早晨同伴们仍在睡梦中，我则四处观看演出。我像发现了新大陆一样兴奋，因为除了观看演出和我扮演"印度公主"的一个半小时之外，每日的生活是非常枯燥无聊的。由于缺少宣传、推广的活动资金，只有很少的观众前来观看我们的话剧。我已经能够熟练地粘贴海报，而演艺技巧却没能得到很大提升。演出的不景气使得团队士气愈加低迷，大家散发宣传册便没有先前那么积极，来的观众也更少了……

8 月，我收到了第一笔演出酬劳：日本 NHK 电视台欲为著名大提琴家罗斯托罗波维奇 (Rostropovich) 的最新一场音乐会拍摄宣传短片。此次音乐上，罗斯托罗波维奇将演绎理查德·施特劳斯 (Richard Strauss) 的变奏曲《堂吉诃德》。短片中，我饰演堂吉诃德的梦中情人——一个他心生向往却在现实生活中遍求不得的形象。拍摄结束后，我兴奋地直蹦高，为自己终于挣到了做演员的第一份报酬而骄傲。几个朋友来片场找我，我们来到蒙巴纳斯街区的一家可丽饼店吃东西。在我看来，这顿饭就是一桌盛宴，庆祝我职业演艺生涯的良好开端。

朋友们诧异于我的欣喜："你怎么这么自豪？看样子，就算是你在别处赚了 5 万欧元，也不会有演戏赚了 300 欧元这么激动。"

"是这样的！从今日起，我的学生时代已经翻页，我将开始书写一段新的人生——艺术的人生。"

在经纪人的建议下，我报名参加了戏剧课，每周学习两个半天。班上绝大多数学生都是由父母出钱来这里学习的年轻人，无忧无虑的他们对周遭的一切还有些冷漠、麻木，他们通过高中会考后就径直来到了这里，幻想演艺之路是一条前程似锦、一帆风顺的康庄大道。来自美国的贝拉是一位活泼开朗、珠圆玉润的老师。她带领我们进行一项名为"骨架—肌肉—皮肤—器官"的练习，我至今难忘。

首先，我们像自由电子或蜜蜂一样随意走动，不记方向。接着，贝拉要求我们在行走的过程中注意自己的姿势，将我们变成一个个"骨架"：抬起胳膊，与擦肩而过的"骨架"握手……僵硬的步态没有一丝生气。然后，我们都变成了"肌肉"：身形变得沉重，双脚重重地跺在地上，腿部弯曲成弧形，胳膊在身体两侧，我们在握手时要想象着"肌肉"握手的样子。我虽然没吃菠菜，却觉得自己就像是大力水手卜派一样。

其次，我们要从意识上将自己"放空"，化为一个外壳、封皮，一层"皮肤"：步伐要轻盈、飘曳，胳膊要自然、轻柔地摆动，仿佛一个幽灵在如烟如雾、如棉如絮的云朵中前行，舒适惬意。

最后，我们又变成了"器官"：轮流模仿大脑、心脏、胃、肠以及性器官的状态、步伐，或是性感诱人，或是冷漠无情……

第一轮，贝拉先让每个人都表演一遍所有角色，其他人安静地仔细观察；第二轮，她要求学生们答出表演者的演绎内容。轮到我表演时，大家异口同声地说道：

"骨架！"

贝拉说："你现在步态与上一次有所不同，这很有趣。这次你的演绎中有了更多的'肌肉'线条；而第一次，你的表演中更多的是'骨架'和'皮肤'，我们能感受到'器官'的存在。"

我发觉自己的动作过于轻飘飘了。我很容易将重点放在表层，展现出轻飘的状态；但从另外一个角度来说，我缺少大地的沉稳。贝拉建议我着重在腹部使劲，做到"气沉丹田"，从而更沉稳、更有力、更"抓地"。她还提到，路易·德·菲奈斯的演绎风格就非常有力、扎实。

接着，大家对每种状态进行针对性练习。"皮肤"要展现做作而又幻想、轻柔而又舒缓的特点——这些是扮演"异装皇后""幽灵""天使"等形象时的关键词；"肌肉"会给人以好斗、侵略、暴力、愤怒的感觉，扮演"黑手党"之类角色的必备；"心脏"和"皮肤"应流露出高贵、优雅之感；"骨架"给人以僵硬、刻板、机械的感觉，很适合演绎震惊中的状态。至于其他器官，"腹部"可演绎乐天随和的感觉，"心脏"令人联想忠诚与爱情，"大脑"体现一个人的专注认真和旺盛的求知欲，"性器官"则暗示着性感。"这个表演训练的要旨是关注身体，而绝对不要用头脑思考。因为头脑会阻碍肢体表达，使肢体僵硬刻板。"

由阿兰·纳恩(Alain Nahum)导演的《正义行动》(Action Justice)是我最早参演的几部电视电影之一,该影片在法国电视三台播出。片中的"我"是由阿兰·杜迪(Alain Doutay)饰演的一位社会要人的女儿,年轻靓丽,手握财富却天真单纯;而"我"的男友却涉嫌一起凶杀案。整个电影是在马赛拍摄的。我们的摄制组非常专业,剧组的拍摄资金也远高于我之前参与的那些短片剧组。不得不说,我的经纪人在签合同时帮我争取到很多:我几次往返于巴黎—马赛之间,都是一等座待遇,这可是我从未有过的体验;我还是一位非常稚嫩的演员,微不足道,而一等座则让我感觉自己是什么大人物。拍摄期间,同事们也很重视我、照顾我,尽量让我在剧组里过得舒适自在:候场时,技术人员们都站在那里等待,而我却有一把铺着黑布的木制折叠椅可以休息;其间还经常有人给我递水,嘘寒问暖……面对如此热情周到的态度,我有些不适应,浑身不自在,甚至有些抗拒。我恨不得变成一只小老鼠从众人的视线中遁地消失。我感觉,人们似乎把我当成了一位经验丰富、声名远扬的演员。有一天,我在书中读到兰伯特·威尔森(Lambert Wilson)的故事:他每次去演戏拍摄时都忐忑不安,生怕剧组的人发觉他其实只是一个招摇撞骗的"伪装者"——这正是我此时的感受。我是那么希望演好,可效果看上去却总有些木讷。我尝试做一名好学生,严格按照课上所学表演角色,但心中又如此焦虑,害怕演不好,害怕想不起那些演戏的技巧，害怕我的表演过于像"骨架"般僵直、机械、呆板。

几个月后，电影的主演们被邀请至位于瓦卢瓦(Levallois)小镇的后期工作室观看成片。当我在屏幕上看到自己时，心跳加速，呼吸急促，即刻在众人面前消失的想法再次闪现——我不喜欢自己的表演，觉得自己的诠释非常生硬，似乎课上所学不但没能有所助益，反而使自己变得刻板了。几年后，拥有了更多表演经验的我才终于意识到当年作为一个新人的误解：所有的表演练习、技巧，对每一位演员的成长都是必要且值得的，但这些都只是拍摄前的准备工作。当我们走上舞台，面对摄像机，我们就应该将之前的所有从记忆中抹去，将一个个镜头、一场场剧幕鲜活地演绎出来。同时，我们要对之前的训练与学习怀有信心，相信这些一定会对自己有所帮助。不过，对于我这样一个好学生来说，这与我的习惯相去甚远：课文早已让我背得滚瓜烂熟，怎么可能在考试那天全部忘掉呢！但是，所谓"技巧"，只能是遇到困难时的救急之法，我们不能被其束缚、桎梏。我意识到，演员与我的笛卡尔主义学科是完全不同的两个世界。

由于没有表演学的专业背景，几年来我觉得自己就是一个招摇撞骗的"伪装者"。我的一部分时间花在了学习理化课程，学习表演的时间没有别人长，因此不够优秀是情理之中的事。为了弥补这一弱势，我参加了许多表演工作坊进行密集式训练，短则几天，长则数周。我总觉得自己与其他演员差距很大。我有经纪人,我几乎每天都在为广告、电影、电视等试镜,当我向别人介绍自己是一名演员时,内心是战栗的;我害怕有一天,人们突然识破了我的骗局,发现我的演技连一位面包师都不如。

在洛杉矶的一个晚宴上,我遇到了美国演员杰昆·菲尼克斯(Joaquin Phoenix)。当时,我正因练习功夫而浑身酸痛,恰巧杰昆也是如此——他正在练习空手道。我们由此结识,成为朋友。杰昆与平日里的好莱坞明星不同,他为人低调朴实,说话风趣直接,工作勤奋踏实、追求完美。我把杰昆看作世界上最优秀的演员之一。不过,这话我从未对他说过,因为这会让他惴惴不安。一次闲聊中,杰昆向我透露他从未上过任何表演课,他非常想知道我在表演课上都学到了什么。他刚刚完成一部电影的拍摄,但他不得不重拍部分镜头。我惊讶得说不出话。他露出一丝愧疚的微笑:"这是我的错,是我太差劲了。通常来说,我需要15天的时间熟悉情况,找到状态。所以,我们现在不得不重新拍摄最初15天的戏份。"我疑惑地打量着他,想象不出"差劲"的杰昆会是什么样子。不过,连这么优秀的演员还会自我怀疑,为演员生涯的不稳定而忧心迷茫,这让我内心有了些许慰藉。

2011年6月,巴黎。即将迎来《十二生肖》开机首日,我既高兴又担心,既焦虑又急迫。按照惯例,工作人员会在前一天晚上将一份拍摄安排发给演员,摄制组人员也应在17点至 18 点打电话通知第二天他们将何时来酒店接演员,以及将前往何处拍戏。可直到 19 点我仍未接到任何通知。此时的我还不是很担心,向离家只需 7 分钟步程的导演的电影院[①] 走去——我受邀参加那里的一部电影预映式。22 点,一走出放映室我就迫不及待地打开手机查阅留言,仍然杳无音信。我给剧组的摄影指导发了一条短信询问情况,很快就收到了回复:我几个小时前就应该收到通知的,是剧组方面疏忽了,明早 5 点 45 分会有人来酒店接我。

影片的拍摄场地位于巴黎东南部埃松省的库朗塞(Courances)城堡内,这便是剧中"我"祖母的城堡。我与指导提前到达了这里,那时城堡公园的铁栏大门还没有开。我们坐在车里等待,从车窗望去,四周是绿茵茵的草地,一群奶牛吃饱后心满意足地躺在那萋萋绿毡上打盹。这是我第一次见到奶牛如此安闲地睡觉,内心艳羡不已——现在的我已经困得不行了。

化妆、造型、着装,我发现今日这衣服与我试妆时的服装相去甚远:一条米色的半身纱裙垂到脚踝,上身是一件米色外套,两件都是经典款。对于我这样的金发白肤的女子来说,米色服饰与我的皮肤撞色,会让我看上去苍白、寡淡,可真

[①] 导演的电影院(Cinema des Cineastes)位于巴黎 17 区,其雏形可追溯至 20 世纪初,今由法国作者——导演——制片人协会(ARP — Société civile des Auteurs-Réalisateurs-Producteurs)赞助。每年举办多场导演座谈会、电影预映式、主题影展等,是一座"电影人的电影院"。

是最糟糕的颜色了。试装时那些颜色亮丽的服饰哪儿去了？人们告诉我，成龙希望我穿着美国经典时装拉尔夫·劳伦的衣服，毕竟"我"是女伯爵的小孙女。美国不乏高端精致的时装服饰，可给我的这两件无论是颜色还是款式都不适合我。中国人想象的法国女伯爵形象不够有魅力，与实际情况相去甚远。现在上流社会的人都穿名牌、赶时髦，偏爱现代风格的剪裁设计——这一点我是很了解的。而现在却让我穿上这一身奇装异服，再戴上一条假的珍珠项链和一对把耳朵夹得生疼的耳夹。更为"锦上添花"的是，中国设计师递给我一双奇丑无比的高跟鞋，就是几欧元买来，用一次就扔的那种。我向法国设计师嘟囔着抱怨道："这双鞋糟糕透了，穿上它脚痛得不得了，根本无法走路。"

她抱歉地说："我知道。相信我，我的确向他们提供了不少精致皮鞋，与他们据理力争，但中国设计师坚持要用这双她从'中国城'搜罗来的鞋。"

我们二人相对无言。在法国，衡量一个人的社会地位看的不是他的衣服，而是鞋子，这是人们的共识。一位付得起拉尔夫·劳伦的女伯爵，怎么可能穿一双从"中国城"买来的廉价鞋呢？！幸好我预计到了这种情况，带了一套芭蕾鞋，其中就有一双米色的。我举起这双鞋："我可以穿这双。"但中方设计师却咕咕哝哝的，认为我应该穿她选的那双。这时，工作人员过来叫我去片场，我已经有点迟了。我穿着那双蹩脚的高跟鞋，摇摇晃晃地走过城堡高低不平的地面。我觉得自己这一身十分可笑滑稽、笨拙局促。

我们来到城堡地下的一间屋子里。这里摆满了狩猎归来的战利品：有野猪头、雄鹿角，还有其他动物的头颅和兽皮。成龙热情地对我说："欢迎你！"由于穿着高跟鞋，我比成龙高出一截儿。我们开始走位，但这双糟糕的鞋让我连路都走不了，夹着耳夹的耳朵也隐隐作痛。休息时，我试着把耳夹摘下来，成龙注意到了，问：

"怎么，你不喜欢这对耳钉吗？"

"是的，不太喜欢，它夹得很痛。"

"那就别戴了。"

他示意我把它摘下去。

"我希望我的演员能够自然真实，现在好些了吗？"

"是的。"

我趁机跟他说这双蹩脚的鞋。

"好，那就都换。"

我冲到服装间，迅速换上了平底芭蕾鞋。这样，成龙则比我高了一些，我松了一口气，感觉好些了。成龙反复强调，演员自在、真实，这是最重要的。他有着非常敏锐的洞察力，他无时无刻不在观察着周围的一切，细心照顾着他的演员，就像是一位园丁呵护着他最心爱的盆景。成龙偶尔还会讲些笑话活跃气氛，不到一个小时，我就忘却了压力与束缚，更加放松自然了。我们开始练习对白，我有不少台词，我担心太过放松反而容易忘记台词。接下来就是成龙的台词了，他没记起第一句话,我们重新来过……这个小插曲令我心安不少:就算我忘了台词也没关系,成龙是不会因为这样的事情而记恨演员的。

"你好!"两位中国女演员同我打招呼。我很开心能和她们在午休时聊上几句。我们穿过城堡的花园向食堂走去,林荫道两旁种满了喜人的悬铃木,绿树浓荫,清风拂过,传来阵阵树木的清香。我用英语和一位女演员聊天,她微笑着看着我,对于我的每个问题都用"是的"来回答。直到我问她"你来自中国哪座城市"时,她仍然保持脸上的笑容,说道"是的"。哦,她根本没听懂我的提问。我重新组织语言,尽可能清楚地发音。可是,没有丝毫犹豫,她依旧洪亮地回答了我一声"是的"。小路两侧的悬铃木目睹了整个对话,枝叶间一阵抖动,窸窸窣窣,像是阵阵窃笑,嘲笑我的天真。好吧,她不说英语,这20分钟以来我问她的问题她一句也没听懂,都是我一个人在自言自语。身旁的参天法桐已逾百岁,伸展的枝叶仿佛带着戏谑的眼神注视着我们,我决定说中文。既然这位中国女演员不说英语,那么我就只能用中文与她交流了。她没有学过英语,这让我很是意外,因为这可是一门世界通用的语言。她解释说她学的是俄语。

我发现剧组的中国演员们几乎都只说中文普通话,有的会带一些家乡口音,但很少有人会粤语,会英语的更是少之又少,甚至可以说没有。

开机第二天,我们在城堡二层的房间内进行拍摄。这间屋子宽敞明亮，天花板很高，是为"我"的奶奶改造的。化妆、造型、着装，我一步一步走上典雅的白色大理石楼梯。经过昨天的拍摄，我对自己有了些许信心。走到二层时，我看到成龙和他的助手肯在那里迎接我。肯是一位精神高度紧张，做事高效利索的人，和成龙及其团队一样，他也来自中国香港。肯递给我几页纸：

"这是今天的剧本。"

成龙喜欢在最后一刻进行调整，因而手中的剧本也与之前的有些不同。我快速浏览了一遍，我的台词不少，但与之前的版本相比改动不大，应该没什么问题。我没有太多担心，因为记忆是我的强项。从另一个角度来说，在最后一刻拿到台词也是有好处的：即便出现忘词的情况，大家也不会过于指责我，因为我刚刚拿到它。压力减轻了不少。

成龙很自豪地向我走来："你知道他们刚刚说了些什么吗？他们说你的记忆力非常好，而我是这么回答的：'我知道，我正是看中了这一点，才招她进组的。'"

我的脸颊因为兴奋而变得红润。他们看中我，是因为我有很好的记忆力，因为我的气质与女伯爵相仿，还因为我很搞笑！在法国，在我之前的所有拍摄经历中，导演们大多认准了我在年代戏和悲剧戏中的表演能力，没有让我尝试过喜剧。一天，一位戏剧导演朋友对我说："露娜，你是个有喜剧天赋的演员，你很自然地带着一种搞笑气质，你应该演绎一些喜剧角色。"他是第一个对我说这话的人。是的，我十分喜爱喜剧,我是看着费南代尔(Fernandel)、布尔维尔(Bourvil)、路易·德·菲奈斯等人的喜剧电影长大的。成龙看到了我在这方面的潜力,他将这个角色交付于我,为我打开了新的电影世界。

接下来的一场戏,是"我"要通过一个装置与"奶奶"说话,因为"奶奶"的耳朵听不太清了。"我"要弯下腰,抓着床边的助听器,对着里面说话。拍摄告一段落,道具组要为下一幕调整镜头和灯光,演员们暂时离开拍摄室。走出城堡,沁满花香的清新空气令我沉醉:我正在一部重要电影中饰演重要角色,还与一位国际巨星搭戏。我想,一切都会越来越好。我享受着这份幸福与喜悦。回到拍摄室内,我们各就各位等待摄像机的指令。

成龙突然问我:"这个助听器,刚才是这么放的吗?"

"呃……我觉得是吧。"

"你确定吗?刚才它不是这样放的吗?"

他稍微改变了一下助听器的位置。

"对,它刚才就是这样!"我脱口而出。

他居然能注意到如此细小的环节,我惊讶不已。剧组上上下下两百余人,只有他注意到了助听器位置的异样,就连专门负责记录这些细节的场记都没有发觉。与成龙相处得越久,我越能感受到他心思之缜密,观察之细腻,对于细节、动作,他的记忆力超乎常人。拍戏时,他甚至都不需要播放之前拍摄的几场镜头,因为这些都贮存在他的脑海里。视野所及,没有任何一个小动作、小细节能够逃过他的眼睛。

随后，我们在一条典雅且古色古香的木质楼梯上进行拍摄。成龙悠闲地与技术人员、饰演可可的姚星彤和饰演西蒙的男演员谈话。我用英语问那个男演员是否有什么问题，他的回答令我大吃一惊：其他人的对话他听不懂，因为他是个韩国人！谈话时，成龙对他说韩语，对中国演员说普通话，对技术团队说粤语，好一个多语言的融合。而在我听来，无论是韩语、粤语还是普通话都差不多，都是一窍不通的外语。这些语言里有数不清的字词发音，我根本无法将其与含义一一对上，又如何能分辨出是哪种语言呢？中国人即使不会说这些语言，也能轻易地分辨出哪个是粤语哪个是韩语。可对于我这个欧洲人来说，我听得出来法语、德语、英语、俄语、西班牙语、意大利语，面对亚洲语言却是无计可施——亚洲的语言发音太多，分散注意力，我实在是分辨不出来。

以前，在我的认知里，"汉语"只是一种单一的语言，而其实它是多种同源方言的集合。对西方人来说，它类似于由拉丁语演变而来的法语、意大利语、西班牙语、葡萄牙语、罗马尼亚语等组成"罗曼语系"。而中国有7大方言，北方方言、吴方言、湘方言、赣方言、粤方言、客家方言。1953年，中国政府以北京市、河北省、承德市滦平县为普通话标准音的主要平集地，制定标准后于1955年向全国推广，无论在教育界还是在传媒领域都要使用普通话。

成龙和随他满世界跑的技术团队都来自中国香港，粤语是他们的母语。每到一国进行拍摄，都会有这个国家的拍摄团队进行协助，但所有重要职务如首席化妆师、首席发型师以及首席助理、第二助理等，仍由香港人担任。他们英语都说得不错，甚至有几个人的英语水平极好。他们也说普通话，大多是在工作实践中学来的。在巴黎时我决定学习中文，于是我就和一群说粤语的广东人练起了普通话。直到后来我才知道，虽然他们对汉语的理解没有任何问题，使用的字词表达也都地道，但他们的语音不甚规范。在中国台湾，一天中午我和蓝心与来自中国香港的特技演员阿兰 (Alan) 一起吃饭。

阿兰，热爱冒险，帅气开朗。
艾伦说，他心地善良。
漫长阶梯，他助我步步攀上。
北京香港，电影工作不停忙。
（阿兰，特技演员，"成家班"一员）

阿兰的口音令蓝心发笑，她打算考考我们：
"你怎么读'洗澡'？"
"xǐ zǎo"，我跟着她读。
只听阿兰倍加小心地说："sssizao"。
蓝心乐不可支："露娜，我确定，你的汉语比他好！"
阿兰不明所以地看着我们两个——他分辨不出"si"和"xi"的区别。

对于中国人来说，无论是普通话还是粤语，书写都是一样的。不过，还有一点不同：中国大陆从 1964 年开始使用简体字，中国香港及台湾地区使用的则是传统繁体字。例如，同一个汉字，其简化字版本只有 12 画，繁体字版本却有 20 画。作为一个外国人，我自然更倾向于使用简化字——本来就已经很复杂了。但台湾人和广东人却提出抗议，认为中国传统的繁体字比简化字蕴含了更多的文化意义……就这样，在当今多语种、多文化杂糅的背景下，我选择开始学习中文。

成龙是从特技演员做起的。他工作起来极其勤勉，从不抱怨，凭借着拳头与武术，他一点点在影视圈中闯出名堂。成龙很喜欢追忆往昔，他会给我们讲述初涉影视圈时有些人对他的寡情冷漠。从几米高的地方摔下来，会有人问他："怎么样，你疼吗？能再来一次吗？"这时，成龙便咬紧牙关，起身，再拍一次。他身上很疼，这一点毋庸置疑，但他更希望能继续学习、练习。成龙十分尊重对待工作辛勤认真的人。对于我学习中文这一举动，他也十分尊重，甚至赞赏，说我是唯一一名在与他合作拍戏之后决定学习中文的西方演员。

拍完《十二生肖》后的那个夏天，我回到美国东海岸，在一所大学里进行为期八周的中文强化培训。我要学习中文的意愿非常强烈：电影的一系列推广活动将于 9 月份正式开启，我决定用中文完成所有媒体见面会和采访。强化班开班的前一天晚上，我和一位来自旧金山的年轻俄罗斯女孩一起打车抵达学校。绿意盎然的田野间点缀着几个木屋,古朴美丽的景色瞬间征服了我。我们二人目睹了太阳西下的整个过程。赶回学校时,几乎所有人都已经进入梦乡。校区面积很大,自成一个村镇,和我们在美国大片中看到的一样。学校为学习中文的学生安排了两栋宿舍,我住在顶层六楼,屋内斜顶一侧还开了两扇小窗:放眼望去,近处是网球场,远处则是佛蒙特的乡间田野与山脉。我的房间非常简单,一张床,略高,和医院的病床差不多;一张办公桌、一把椅子、一个书架、一面镜子。一进宿舍,我就打定主意要将这里重新布置,使之更加舒适,更符合"风水":办公桌正对门口,睡床安于窗下,书架摆在床边,镜子立于角落。公用的卫生间和浴室在楼道走廊,我又做回学生了。

  第二天上午,为了评估大家的水平,校方对我们进行中文测试。我希望能被分到中级班,这相当于大学汉学专业一年级的水平。偌大的阶梯教室里坐满了奋笔疾书的学生,我第一个走出考场。下午是口试,两位中国老师向我提问,我用尽所学作答。第二天,成绩贴出来了。我几乎不抱什么希望,因为我不会读汉字,也不会写汉字。可奇迹发生了——我被分在中级班。可瞬间,内心的喜悦就被恐惧所替代:我会跟不上课程的……我向好几位老师咨询,他们都认为我在初级班会更轻松。我犹豫不定。晚上,我们签署了一份学习协议:为期八周的学习期间,严禁学生使用中文外的其他语言进行交流,违者开除。这也就意味着我们无法与家人或不懂中文的朋友们打电话,只能看中文电影,听中文歌曲……

中级班的第一节课令我始料不及:我能听懂老师所说的话,甚至可以说毫不费力。老师吐字清晰,发音标准,她像是对孩子说话一样,使用简单的词句,慢慢地对我们讲话。拍《十二生肖》时,我还不能很好地理解中国同事的话语,我必须集中注意力认真听,但即使这样,大家各不相同的口音和较快的语速仍会让我错失许多词句。我想:口语课将会比较轻松。虽然黑板上的字我一个都不认识,但老师会一一进行解释,所以不会有什么问题。这是第一次我的听力记忆大显神通,而视觉记忆却变得无关紧要。

最初一周多的时间里,我倔强地坚持:不,我不要学这些愚蠢无用的汉字,我可以使用拼音,这很好用的。再者说,我学中文是为了说,而不是读写。每天早上8点整,我们都会有一个小测试,考查我们是否认真完成前一日的功课。老师先给我们听写六个字词,我用拼音作答;然后,他会向我们提两个问题来考查口语,这一环节我没问题,但我的听写总是0分。每周一,我们上午要进行三小时的笔试,下午进行口试。第一周,笔试题目上还会注有拼音;第二周,1/3 一的题目都是汉字;第三周,汉字题目占了一半;到了第四周,全部都是中文题目。培训进行到一周半时,成龙邀请我参加加利福尼亚州的圣迭戈国际动漫展,我不得不离开学校两天。白天的课程一结束我就奔向机场,等待航班时,我终于开始研究这些烦人的方块字了。手中的平板电脑迅速成为我的好朋友，我从来没有这么频繁地使用过它。一位老师曾向我提过一款手把手教笔画的应用软件。飞机飞行期间，我一直在用它练习写字。晚上，我到达洛杉矶。翌日早晨，我再次见到了成龙和他的经纪人与助理，我们一同乘车前往圣迭戈。几乎全车人都在颠簸中睡着了，只有我——我仍坚持不懈地在平板电脑上练习汉字书写。醒来的成龙看到这一幕，既震惊又觉得有趣，拿起相机记录下眼前这一幕。

周六晚上，我终于回到学校。我全力以赴地学习，除了每周有两三个小时去游泳外，我几乎都在学习。五周后，我因缺乏睡眠而病倒了。我重新找回读预科时的好习惯：每天即使没有完成作业也一定要睡足8小时。8周的强化训练结出了硕果：走在校园中，我用中文思考，用中文做梦，我的口语很不错，认识了1000多个汉字，还能写一点东西。

2012年9月，我与成龙等人出席多伦多国际电影节为《十二生肖》宣传造势。随后，我们乘成龙的私人飞机回到洛杉矶，这是我第一次乘坐私人飞机。当我们抵达洛杉矶的公共机场时，我吃了一惊——边境移民官已经知道了我们的名字，无须再像其他私人飞机使用者那样排队等候了。"欢迎回家！"我持有美国绿卡，因而受到热烈欢迎。接下来，对于两位中国女演员，事情就变得有些复杂了。她们两人都不太懂英语，只能吐几个词，因而听不懂移民官的提问。此前我就注意到移民官对亚洲人吹毛求疵。等待的队伍很长，移民官向张蓝心丢去一个又一个问题："您将在美国停留多长时间？""您身上是否有超过10000美元的现金？""您到美国要做什么？"……蓝心仿佛就要淹没在成堆的问题中了，我急忙上前帮忙，为她翻译。移民官被眼前这个进行中英翻译的法国女子搞得不知所措。

"您的办法真是很多啊！"他说道。

走向出口时，成龙转过身来，高兴地对我说：

"太好了，你能说中文了。"

当我们从事一项国际性职业时，多语言能力很重要。不过，能说英语和能说中文是有很大差别的，因为会说英语被认为是件理所当然的事。在美国，从来没有人对我的英语表示过赞赏，当我去试镜时，经常会得到这样的反馈："很好，现在你能用美式发音再演一次吗？"还有更糟糕的："你能不带口音地再来一次吗？"在他们看来，"不带口音"即"美式口音"，所有其他的如英格兰、加拿大、澳大利亚口音等都是不正确的。美国经纪人经常说："你很好，但是说话有口音……当你把口音丢掉时再来找我吧。"这话说的，好像多么简单似的。一个人失掉口音，也就意味着失掉了他的根，失掉了他的一部分身份。这些经纪人经常给我举澳大利亚或英国女明星的例子："你看看凯特·温斯莱特（Kate Winslet），她就做得很好，这很简单的。"是，这很简单，只是对我不简单。我对英语的认知是从求学期间开始的，那时我12岁。学习词汇、掌握断句、重音，对于所有英语国家的人轻而易举的事，对于一个法国小姑娘却是道难题。我没再说什么，心里倒是十分好奇这些自认为聪明的经纪人究竟会说多少门语言。我非常欣赏成龙，尽管他的英语有口音，但依旧在美国获得了巨大的成功——我甚至认为，他的成功也有这口音的一份功劳。这成为我与成龙和谐共事的又一个因素。

2011 年夏，我正在洛杉矶参加一则广告拍摄的加试镜。走进试镜间，客户、广告代理商、导演、选角导演……15 双眼睛齐刷刷地盯向我，审视着我，仿佛要将我看穿：表演结束，导演要求我再来一遍，但要更"×××"。就是这儿，我没听懂他说的单词，完全不知道他想说什么。可站在 15 双鹰般的眼睛前，我不敢询问解释，生怕他们认为我没有用英文拍摄的能力。我快速回忆了一下这场戏我能演绎的所有可能，随意挑选了一种。我紧张极了，导演一定会觉得我是名傻瓜，或是一名糟糕的演员，连他的指示都理解不了。

从那以后的很长时间里，我一直以为自己是唯一使用这种"伎俩"的人，直到遇见加德·艾尔马莱（Gad Elmaleh）[①]，他当时正跟随导演史蒂文·斯皮尔伯格（Steven Spielberg）进行拍摄。他开玩笑地说：

"在拍一场戏时，我正好站在远处，史蒂文就对着麦克风跟我说'棒极了！你能否更 ××× 地演绎一次？'我还没明白他的话，可摄像机的按钮已经按下了。我只能发动全身神

[①] 加德·艾尔马莱（Gad Elmaleh），法国著名笑星，曾出演过多部电影及脱口秀。

经思考:好吧,我刚刚是这么演的,其实还可以这样或那样演,这样演可能不行,那就试试那种吧。"

加德和史蒂文之间的这段故事令我捧腹大笑,我从中看到了自己的影子。大概美国导演会觉得法国演员不太会遵循指令吧,可实际上,这是因为我们并不能理解他们下达指令时使用的词语。

2012年9月的多伦多国际电影节,成龙见面会在一个富丽堂皇、缀着红色天鹅绒布的剧院内举行。大批观众涌进剧院,只为一睹他的风采。交流会上,成龙有声有色地讲述着他人生中有趣的故事,突然,他停了下来,焦虑地问道:

"我说的话你们能理解吗?我总担心大家听不懂。"

会场立刻淹没在欢笑声中。成龙调侃道:

"看来成龙式英语大家听懂了。"

一位神秘嘉宾突然开心地现身舞台:克里斯·塔克(Chris Tucker),《尖峰时刻》(*Rush Hour*)[①] 中卡特的扮演者。克里斯回忆初次见到成龙时的场景,那时他满腹疑虑:"你们确定这个家伙将在电影里出演一个角色吗?他甚至连英语都不会说。"

另一位带着口音成功打入好莱坞圈子的演员是阿诺德·施瓦辛格,他的奥地利口音滑稽搞笑。在动作片和喜剧片

---

① 《尖峰时刻》(*Rush Hour*)是由布莱特·拉特纳导演,成龙、克里斯·塔克(Chris Tucker)主演的喜剧动作片,于1998年上映。该片在全球揽下2.44亿美元的票房,成龙和克里斯·塔克一起获得MTV电影大奖最佳荧幕搭档奖及其他多项大奖提名,克里斯·塔克也由此成名。

中,口音可是一个加分项,不仅诙谐、幽默,调动气氛,还能让别人记住自己。真希望那些眼睛只盯着好莱坞富人区比弗利山庄的美国经纪人们能明白这一点。一位幽默的美国人曾问我:

"能说三种语言的人被称为什么?"

"三语人才。"

"能说两种语言的人呢?"

"双语人才。"

"那么能说一种语言的?"

"单语人才?"

"不,是美国人!"

这则笑话倒很是贴切。我们还可以将笑话中的主人公由美国人换成中国人,因为大部分中国人只会说汉语。不过,对待学习汉语的外国人,中国人是非常赞许的;而若是一个外国人用词不够准确,美国人却丝毫不愿迁就和理解。在中国,大家都惊异于我讲汉语,即便我有些错误,他们依旧会称赞我,这大概是因为很少有外国人能讲汉语吧!这令人备受鼓舞。学说汉语可比学说英语有成就感多了。会英语被认为是一种必备的能力,而讲汉语则是"高大上"。

第四章

火

勇气
恐惧

> 嗔是心中火，能烧功德林。
>
> ——佛语

我是乔治·布拉桑（Georges Brassens）①歌里那匹勇敢的《小白马》。我在洛杉矶，站在全班同学面前进行"歌曲练习"，仿若即将燃尽的蜡烛上摇摇晃晃的烛火。这是教练杰克·沃尔兹(Jack Waltzer)最恐怖的训练方法。在这项"为乐器调音"的练习中，演员既是歌唱家也是乐器。如果乐器走了音，情感便无法传递。做练习时，我们要笔直地站在全班人面前，肌肉完全放松，

---

① 乔治·布拉桑（Georges Brassens, 1921—1981），法国20世纪60~70年代广受爱戴、家喻户晓的歌手兼诗人。歌曲《小马》（*Le Petit cheval*）演绎了一匹风雨中保持前行的乐观、勇敢的小马驹形象。

除了头部可以转动并与一位观众取得互动，其他任何部位都动弹不得。我们请这位观众随意触碰，确定我们是完全放松的、不动的。我们去探寻此时的内心感受，找到并将其融入歌中，用心地唱，纯粹地唱，一个音节一个音节慢慢地唱，并在停顿的空隙里，用最深处的感情调动自己有形与无形的"乐器"，与这位观众保持沟通。

这是极为恐怖的一段练习，所有人都心生畏惧，因紧张而涨红了脸。杰克告诉我们，这项练习能够帮助我们成为一名优秀的演员。我希望成为一名优秀的女演员，即使要粉身碎骨也在所不惜。所以，我向杰克老师主动提出要试一试。

"可这才是你第一次来上我的课。"

"我知道，但我很想试一试。"

我总是感觉眼前的时间不够用，要以紧迫的节奏去生活。而现在，我安静地站在全班同学面前，放空思想，接受众人目光的审判。我仿佛身处炽热的火炉，脑袋转动着，高温令人窒息，我有点过度换气了。杰克让一个人站在我身后，以防我随时晕倒。他感觉到我有些恍惚，问我是否要停止。不，我要继续。我知道，只有继续，才能成为一名优秀的演员。我要达到这个目标，我也必须达到这个目标。

练习结束后，杰克扶我到一旁坐下。我深深地低下头，让血液向脑部集中；我不敢抬头，生怕对上其他人的眼神；身体依旧在颤抖，仿佛一点火星在流通的空气中毂觫。一种强烈的感觉涌上心头，自己好像是那匹白色马驹。

我的内心被强烈的恐惧感灼烧着，被小火舌一点一点地舔舐着，我想喊停，但依然继续。踏上烧得通红的炭火，这就是勇气，不是吗？哪怕奄奄一息，我也要继续前进。我想到了乔治·布拉桑的歌，那首让小时候的我听到流泪的歌：

风雨中前行的小马驹，
有勇气，有魄力……
马鬃雪白的小马驹，
万物缩在后，唯它冲向前……
白色闪电带走了它，
万物躲在后，唯它争了先……
它走前，雨尚未停，天尚未晴，
有勇气，有魄力……

我始终相信，乔治·布拉桑歌中的小马驹一定是承受着恐惧的煎熬却依然前行，因为也必须有人前行。我为这匹马黯然神伤，我觉得这首歌对小马儿不公，可生活是没有公正可言的。

演员是一项有风险的职业。演员不但要操心是否有工作可做，还要时刻防止自己做出错误的决定，导致生活、职场一事无成。奇怪的是，这份恐惧并没能阻止我走上演艺之路。难道是我太轻率了？若是清醒一些，我或许就不会选择当演员了？我想，我是不会对自己提出这样质疑的。虽然手握工程师专业的毕业证书，但我依然继续演戏。只有演戏才能激发我内心的小宇宙，让激情爆发。我花费两年时间苦读预科，在高等学府学习三年，攻下工程师证书，为什么最终却成为一名演员？我的头已经直指浩瀚星空，双脚却陷进了生活的磷火之中，很多人百思不得其解。还有一些人，带着一丝尊敬对我说：

"为了成为一名演员，你放弃了所有，你很有勇气。"

听听这话，在一份充满了不确定性的戏子工作和前途无量的工程师生涯中选择前者，这需要多大的勇气……可我，我又为什么放着令我开心快乐的工作不干，偏要选择那令我反感、无聊的职业呢？想想吧，如果从这个角度考虑问题，还有谁会犹豫不决呢？

上学时我很喜欢读书，因为我喜欢学习新的东西。这与当演员有着异曲同工之处：每当我接到一个需要了解新事物的角色时，我都会精神抖擞、容光焕发。无论是学习俄语、中文，还是学习功夫、马术，抑或是了解某一段历史、某一个国家……我都有着极其旺盛的求知欲。也正是因为这份求知欲，我才意识到自己还活着，我知道我永远不会厌倦。直面挑战，这是我的最爱。写这本书也是如此。人只能活一次。我庆幸自己总是很清楚地知道什么能给我带来快乐和幸福，从来没错过。我出生于10月，金秋时节；天秤座的我总会在一些诸如文件夹的颜色等无关紧要的小事上犹豫不决，但遇到重大决定,能够改变我人生轨迹的大事件时,我一定毫不犹豫,凭着直觉果断做出抉择。

当我决定做一名演员时,有些人不禁感叹道:

"啊,你是一名演员?真是太幸运了。其实,我也有个演员梦。可是,我得生活,挣钱,还得抚养孩子……"

从她们的眼神,我读出了一丝淡淡的怀念与忧伤,我为她们感到遗憾。也许从某种角度来说,选择当一名演员,一名聚光灯下的人物,意味着要放弃一些物质的享受、工作的稳定甚至精神的宁静,这需要勇气。但对我来说不是这样。有志者事竟成,从小时候起,这句话便引领我前行、成长,我知道无论什么事情,只要我真的想做,我就一定能做到。如果我做不到,那是因为我想要的还不够强烈。正是这样的梦想引领着我无畏地走上演艺之路,我根本不需要什么勇气。需要勇气就说明有畏惧,说明为了克服畏惧我们必须作出努力。无畏艰险的人,不是成竹在胸,便是无知无畏。我想,我心中的强大动力便源自这份无畏:我知道我必须这么做,因为我梦想成为一名演员,我就是一名演员。

我热爱旅行,喜爱异国风情,这大概与我儿时很少旅行有关。一位朋友的母亲住在马提尼克岛,父亲在斯特拉斯堡,可以说她是在飞机的马达声中长大的。因此,当她长大后终于在阿尔萨斯的一个小村庄里定居下来时,她感到无比幸福——终于找回了缺失已久的稳定感。而我则对这位朋友的经历艳羡不已,时常幻想着自己能拥有像她一样奔波离奇的生活,乘着飞机在两个相距遥远的地方往返奔走。陌生、异国令一些人却步，但却激发我的好奇心，点燃心中的星星之火，激起我对新鲜、诗意、异国与梦幻的向往。我是在谨慎、小心中长大的，我渴望能洒脱、不羁地老去。人们教会我要乖巧谨慎，而现在的我则向往骁勇，追求未知与冒险。如将自己圈在一座城池内、一个国度中，我很快就会厌倦；我必须走出去，探索不同的世界与文化，才能填饱我的欲望。

这新世界越是与众不同、出人意料，越是令我朝思暮想、心驰神往。记得孩提时每周会到爷爷家吃两顿米饭，风趣幽默的爷爷曾开玩笑道：

"我吃这么多米饭，是不是眼睛早就该成了带有蒙古褶的丹凤眼了。"

"当然不会了，爷爷！这怎么可能呢！"

爷爷大笑……

后来，我还有一个自称会说中文的小玩伴。那时我深信不疑，并且觉得会说中文才是极致的高雅。在我儿时的想象中，亚洲，尤其是中国，仿佛一个魔法国度，是最令人迷醉的国度。

去新的国家、新的大陆、开始新的生活的可能，这些是我走上演艺道路对自己的唯一要求。我想，无论年龄几何，我都能一直做下去。随着旅行次数的增多，我的可塑性、适应性也越来越强。斯斯拉斯堡、巴黎、柏林、洛杉机、北京……我随着新的步履改换着生活的参考系。当然，这不是一下子练就的能力，需要在这些不同的地方都生活上一段时日。

例如，在巴黎时，我告诉别人说："那儿不是很远，走路 10 分钟就到。"在洛杉矶，就会变成"那儿不是很远，开车 20 分钟就到"。而在中国，我则会说："那儿不是很远，不堵车的话 30 分钟能到。"

另一种畏惧来自于那些滥用权力的男人。由于这份畏惧，我在起步阶段就付出了代价，丢掉了好几个拍摄机会。但我知道，为了心底的安宁与平和，我的选择是正确的。演艺之路长漫漫，免不了陡峭悬壁、坎坷障碍，我不会选择捷径，而要走出自己最美丽、最正派的道路。我想，那些走了捷径的人或许会享受唾手可得的金钱与名誉，但一定抹不去内心的不安与痛苦。

刚入行的年轻女演员们还有些稚嫩、单纯，因而会有很多滥用权力的男人盯上她们；我的工作经验越多，这些无礼又无理的情况也就会越少。见我早已表现出决不屈从的态度，这些人就不再打着"这是取得成功的唯一途径"之类的幌子劝说我了。在一次戛纳电影节晚宴上，我看到了一位来自美国的国际知名制片人。经他手制作的电影无数，其成就与他的便便大腹同样令人惊叹。他一脸胡茬，肥厚的双下巴与短粗的脖颈连在一起，眼睛总是朝上看，说话嗓门极大，声音粗哑。我强忍心中的反感，上前和这条大腹便便的怪物说话。我告诉他，他执导的电影精彩绝伦，我非常希望能有机会参演其中。我的恭维令这位导演很是受用，他说他很欣赏有个性的人，而且他也是凭借着自己的胆量起步的。说到这儿，他放声大笑起来。他有学问、有天赋，但傲慢、狂妄又直接。他答应在他的办公室见我一面，地点是海滨大道旁的一家豪华酒店。勇气赋予人们飞翔的翅膀。此时的我就仿佛是只插上翅膀的天使，高兴极了。

第二天中午，我在昂蒂布海角的一家私人酒店用餐。每年电影节，美国大牌影星们都会下榻于此。这座华丽奢侈的花园式酒店宛若一个精致的首饰盒，将盒内的奢华首饰细心保护，免受狗仔队的骚扰。株株花草灌木被悉心修剪，天蓝的泳池望不到边，像是与海天重合。远离戛纳的喧嚣哗闹，这里是一派田园风光、惬意景象。在这儿，我遇到了那个著名制片人的一位好友，获悉我即将与制片人见面，他建议我在面试之初就说明我与他（指制片人的这位好友）是非常好的朋友："他可是臭名昭著，不过他刚刚结婚，有了一位年轻漂亮而且富有的老婆。如果他因此变得平静、规矩，那就没什么问题。而且，只要你告诉他你和我是非常好的朋友，你就不会有什么危险了。"

离开酒店，走向出租车时，我碰到我的美国朋友史蒂夫（Steve），他几乎认识所有制片人。我告诉他我将要去哪儿，他向我喊了一句："Don't take a shower with him!"（不要和他一起冲澡！）

我笑着上了出租车——史蒂夫的幽默真是没的说，连玩笑都这么别出心裁！

一位女助理接待了我，告诉我她的老板会晚些到。我乖乖地坐在沙发上，打量着这间由酒店客房改造成的办公室。世界最著名的制片人先生突然走了进来——他身上还穿着被打湿了的泳裤！制片人先生大手一挥，满不在乎地说道：

"我是从艾登·豪客楼酒店（Hôtel du Cap-Eden-Roc）直接过来的，没有时间换衣服。"

我递上自己的履历和DVD，并像之前定好的那样，告诉他我是他朋友的好友。制片人细细查看了我的履历，提了一些问题，然后示意助理出去。女助理临出去时，向老板投去责怪的目光，提醒他我是他朋友的好友，避免他读着读着履历就忘了。制片人要求我脱掉高跟鞋赤脚走路，以观察我的身段。他像个行家一样点点头，仿佛一位高级品酒师在品味红酒前细细观察其色相。

他直截了当地说出了所有曾与他共赴极乐的女演员们的名字，并告诉我其中有谁已经被他捧成了明星。他仿佛是一条喷火恶龙，吐出的一个个名字如颗颗炸弹落在我面前。我知道，这些都是真的。

"你要明白，我无意帮助所有女孩，我只愿意帮助和我在一起的，这才是我的动力，我才能全身心投入。"

我暗自思忖着，他一定省去了无数个为了能担演角色曾委身于他却什么也没有得到的女演员的故事……

突然，这只燥热的恶龙站了起来，开口喷火点燃了火药：

"我要去冲澡了。我刚从酒店的游泳池里出来，身上还湿着，连衣服都没来得及换。不过你跟我过来吧，我们继续交谈。

你不必勉强进入浴室，待在走廊里也行。"

洗澡？这……史蒂夫言犹在耳，我恍然大悟：那并不是玩笑话！等他站在花洒下冲澡，他会假装听不到我的声音，要求我走近再走近，直到和他同在花洒下，那时我的处境将十分危险。我猛然想起了第一任经纪人曾经给予我的建议。我如唐玄奘般冷静地告诉他，其实自己很愿意与他一同沐浴，但要改天了，因为我赶时间要去赴约，那是一位英国亿万富翁的晚宴。听到这位富翁的名字，制片人像是被震住了，格外谦卑地请求我向这位亿万富翁带去他的问候。而实际上，我并不认识这位富豪。我受邀参加的是他的子女所举办的一场晚宴，连他是否出席都不确定。但无论如何，我得救了：我让眼前的制片人相信，有比他身份更为显赫的人在等着我——这是一条可以接受的借口，同时还给予了他希望。

晚宴上，我重新见到了我的朋友们，史蒂夫也在。

我对史蒂夫说："多谢你忠告，不能和他洗澡！"

史蒂夫没再说什么，他都忘了这句话了，说他当时只是开个玩笑。我一五一十地向他描述了我与制片人的见面场景，并且我们两个人笑个不停。我们决定给这种人起个名字——Shower Guys（洗澡男）。虽然在这之前，已经有人提出了 Jacuzzi Guys（按摩浴缸男）的说法，但其所指仍是比较隐晦、委婉地勾引他人的男性，没有 shower guys 那么直接。但不管怎么说，这些人的目的都是一个——想工作，就要和他们睡觉。

接下来的一阵子，我接到这位知名制片人的助理一顿狂轰滥炸般的电话。他已经失去耐心，不惜一切代价要和我一同洗澡！他甚至在一个早上亲自给我打电话——直接打到了我的酒店房间里！我被吓呆了——他怎么会知道我住在哪里呢？他会不会直接破门而入？大概是他自己厌烦了，几天后他不再出现，像是忘记了我。

除此之外，演员还要面对来自其他方面的恐惧。当我们拍戏时，这种恐惧或是体现在心理层面，或是体现在身体层面。身体的恐惧，经常源于动作片、动作戏，尤其是进行一些特技表演时。也许观众在观看影片时觉得一切动作流畅自然，水到渠成，完全意识不到其中的凶险，但这些特技动作的艰难与危险确实存在。成龙对动作戏有着非同一般的热爱与执着，痴迷于肾上腺素飙升的感觉，也正因如此，他曾与死神擦肩而过，身体上也留下了不可逆转的损伤……他非常喜欢给我们讲述那些惊险时刻，向我们展示骨头断裂留下的伤痕，甚至脑袋上还有一个从约 20 米高空坠落造成的坑；他坚持让我们伸手透过浓密的头发去摸一摸。拍摄《龙兄虎弟》(*Armour of God*) 时，在一个高空飞行的热气球内，成龙被困在热气球内部顶端，他够不到吊篮，周围连一根能助力的绳索甚至细线都没有，危险时刻可能变为现实，绝望的他感觉自己几乎就要死去。拍摄《飞鹰计划》(*Project Eagle*) 时，成龙因做超级强力踢而受了伤：第一次，脚踢的位置过低，需要重来；见到工作人员要花费近半个小时的时间恢复场景，成龙盘算着这次一定要够高。但是，他这次使得力气太大，以致头部直接撞击到了天花板，瞬间，鲜血喷涌而出，直至今日，他的右耳仍然有重听的问题……

就这样，我目瞪口呆地看着成龙在众人面前滔滔不绝、兴致勃勃地讲述着他的故事，向我们展示动作片是如此之"有趣"——啧啧，我可是提心吊胆地听完的。我很喜欢优美的武术，一招一式犹如一场精彩绝伦的芭蕾舞剧。但我不明白那些过度冒险的行为，为了一部电影赌上自己的身家性命，从某种意义上来讲这无异于自杀。而我还有很多梦想要去实现。

从高空坠落，经受疼痛甚至是面临死亡，这些都是身体的恐惧。这种恐惧令人惊出一身冷汗，因而做起事来畏首畏尾，有诸多忌惮，尤其是在排练时，恐惧上升到了极点——我有大把的时间去想象，想象所有可能发生的骇人场景、可能发生的意外，这真是太恐怖了。我脑中仿佛有个声音在大吼："啊！我多么希望我不在这里……我为什么要接拍这部电影？我为什么在试镜时说自己不害怕呢？"我有着极其严重的恐高症，一登高便会天旋地转，但我却故作轻松地微笑着说："不，还好，没什么问题。"看着眼前的片场，我像是被冰山困住，吓得目瞪口呆。然而当导演喊出"开始！"时，这份恐惧像被施了魔法一般，顷刻间烟消云散。一场戏从"开始"到"停！"，时间是那么短，节奏是那么快，专注令我们忘却了恐惧。导演和技术人员都明白，此时的演员就如同新生婴儿一样，对外界潜在的风险一无所知，这是他们最脆弱、最容易受伤的时刻。因此，导演和剧组必须打起十二分的精神。

2011年11月，我第一次拍摄动作戏。为此，我提前几日抵达北京。在巴黎拍摄期间，我并没有什么动作戏，只是有场马戏：当时，我的白色种马很畏惧摄像机，但尽管如此，片场并没有发生什么过于凶险的情况。拍摄场地距首都北京有一个半小时车程，是一片面积非常大的布景区域。一到这里，首先映入眼帘的是一片热带森林与船体残骸。偌大的拍摄棚四周都围上了一层蓝色塑料布——那是为后期添加特效而准备的。还有一抹蓝色来自于剧组工作人员——这里到处弥漫着尘土与烟灰，他们都戴着蓝色口罩，好似戴着医护口罩、露着笑眼的外科医生。北京极度干燥的空气令我的胸肺、皮肤备受煎熬。

读剧本时，我发现有一场戏只有一句话描述，这场戏看上去很是稀松平常："可可和凯特琳从悬崖上坠下。"从悬崖上坠下？我在脑海中想象着剧中的情景：年少青葱的"我"正与父母、哥哥、妹妹在位于奥地利境内的阿尔卑斯山中远足。山中绿意盎然、静谧幽深，脚下的石子路渐渐变窄，最后连两只脚并排的宽度也达不到了。我的左侧出现了一道陡峭的悬崖……我僵住了，四肢软弱无力，一时间动弹不得。我觉得自己已经筋疲力尽，身体的空虚向我张开它冰冷的双臂，像黑洞一样将我牢牢抓住，我一步也迈不出去，只能任凭自己坠落……

难道，就是这个时候我要从悬崖上掉下去吗？

刚到片场，成龙就告诉我："我们先拍你掉下悬崖，落在一堆船体残骸上的那段。"

我露出笑容，让别人觉得"我没问题"。上午，服装师为我在米色半身裙里穿上背带系统，紧紧勒在我的胯部。负责协调特技演员的何钧掀起我的裙摆，认真仔细地检查每一个细节，确保背带的安全。我知道他在专注于工作，因此一直目不转睛地看着他：宽厚的肩膀、健美的身材，如丝绸般顺滑发亮的古铜色皮肤……何钧从小开始学习功夫，练习武术，造就他今日运动员般的标准身材。无所畏惧的他，像狮子一样灵活，有着超人的平衡感。他不是典型的帅哥男神，但却散发出一种粗犷不羁的独特魅力。

然后，他要求我平躺在一条细窄木板上，而木板则被安置在距船体 15 米左右的高空中。

"你还好吗？"

"我还好，没问题。"

"好的，拍戏时你需要向这个方向翻身，随即坠落。"他带着情人般的温柔与耐心，向我解释道。

嗯？就这些？我暗自想道。

"我们试一次？"

"好的。"

"别担心，已经系好背带了。"

当他弯下腰对我说这句话时，他的呼吸直逼我发热的喉咙，他的嘴巴靠近我滚烫的双唇，真希望这一瞬间永久定格！

可即使是最性感的男孩来安慰、鼓舞，也没有什么用——当真的处于15米高空，身下是一片隐约不可见时，任凭谁也不想自己翻个身掉落下去。头脑告诉我，自己已经穿好背带装置；身体却向我传达它的不情愿。

没有选择。我只得向木板边缘转身，掉了下去。紧紧拴在身上的绳索突然一抻，止住了继续坠落的趋势，我的小腹仿佛狠狠挨了一拳，我想吐。特技演员把我拽了上来，问道：

"你还好吗？我们可以拍摄了吗？"

我觉得没个十遍八遍，这个镜头拍不下来，因为那一瞬间的力度非常强劲，非常痛，而且最重要的是，我真的非常想吐！

"应该可以，只是做完这个动作，肚子很疼。"

特技演员们听了，大笑起来——这可真是个新手啊！韩冠华是其中的一位特技演员，开朗平和的他向我解释道：

"这是正常现象，你得收紧腹部才行。你下落时，全身每一根神经、每一丝肌肉都应调动起来保护重要器官。这样，你就不会有疼痛感了。来，我们再试一次。"

我没敢多说什么。其实，虽然拍摄时我在镜头前生龙活虎，但多次重复排练、走位已经令我十分疲惫了……这一次，我紧紧地收住腹部，果然情况比上一次好多了，我既没有小腹挨拳的疼痛感，也没有感觉到恶心想吐。

> 笑容可掬的韩冠华，英语很好，
> 当我悬于空中，被背带紧紧勒住，
> 是他教我，如何轻松流畅地动作，
> 授人以渔，人们对他信任有加。
> （韩冠华，副动作指导，"成家班"成员）

"拍摄即将开始。"成龙宣布。

特技演员们搬来另一块木板放在船体上，与我的木板成90度垂直。他们向我示意，成龙会从我身边坠落。他怎么做到呢？啊，我知道了：他坠落时会打碎他的木板，飞来的碎木板将会给我身下的木板一击，使我震荡跌下。这一系列动作很科学、符合逻辑，一切都计算得分毫不差。尽管如此，我心里还是犯嘀咕：观众怕是连十分之一的细节都不会观察到。不过，这不能影响到我的表演。现在，我的任务不再是简单的转身掉落了，而是要掐准时间，在成龙坠落之后的瞬间掉下去。虽然我平躺在木板上，但我的眼睛却从始至终注视着那块成龙将要在坠落过程中打碎的木板，各种问题冒了出来：木板将会怎样断裂？它距我仅有几厘米远，万一碎木块飞到我的脸上怎么办？万一，更糟糕的情况，打到我的眼睛怎么办？

此时，成龙发令：

"各机位准备。"

救命啊，我的天，谁来救救我？！

"开始！"

高空中的我连声惊叫,胳膊胡乱挥舞着,我完全入了戏。一个黑影从身边冲过,撞碎了木板,我感觉到一股力量在侧腰处发力,使劲一拽,旋即便坠向地面。

"停!"

上帝啊,我还活着,这是一种怎样奇特的感觉啊!整个过程如此之快,还未等我作出反应,一切就都结束了。走位时越是恐惧害怕,拍摄时就越是专注认真,一切恐惧刹那间都不见了踪影,太不可思议了。

工作人员将我像稻草人一样慢慢拉上去,解下我身上的装备。正当我思忖着一会儿得重新拍一遍时,成龙鼓着掌走过来,说道:

"一次通过,非常好。现在,你也是'成家班'的一员了。"

所有人都鼓起掌来。本以为要重新拍摄的我大吃一惊,我觉得自己配不上这份如潮的掌声:我其实什么都没做,一切都发生得太快了……但当得知自己终于成为"成家班"的一员时,一股热浪直涌心头:我经历了一次"炮火的洗礼",一个新的家庭向我张开了双臂,热情地拥抱我。远离家乡数万里,工作条件无比艰辛,而这份暖暖的爱焐热了我冰冷的心。

过了一会儿,我走到监视器旁,在成龙身边坐下。此时的我已经放松很多了。

"怎么样,你喜欢吗?特技表演是不是很有趣?"成龙问道。

我有些害羞地回答:"是,确实很有趣,只要一切顺利……"

"你知道吗?我虽没跟你说,但我让技术人员在你身上拴了两根绳索,一根在后背,一根在身侧。当需要你坠落时,他们没等你自己翻身就拽了你一把。这样,我才能保证你在最恰当的时间坠落。"

我惊讶得说不出话来。我终于明白为什么我感觉自己像是什么都没做,就神奇般地滚落下来。所有的一切,成龙都提前做好了安排,既能减轻我做特技表演的负担,又能保证拍摄的顺利。他不仅没有告诉团队他这是在帮我,还示意大家为我鼓掌、祝贺,让我成为这个镜头的受益者,他是多么慷慨、多么大气的一个人啊!

2011年12月1日,天气寒冷,天空飘着雪花。这是今冬的第一场雪,细小的雪花在空中飘舞,很快便不见了踪影。我背部肌肉格外疼,想是每天穿着那套折磨人的背带吊索的结果。另外一位女演员姚星彤也感觉到肩膀酸痛。午休时,成龙建议我去体验一下机枪,因为下一个场景中将会有打枪的镜头。枪很沉——技术人员给我打预防针,他们觉得我能把枪举起来就不错了。我看到动作指导何钧,向他走去。何钧散发出的强大气场和男子气概能让我的心态变得平和。我希望他能帮助我练习,也希望能待在他身边。

何钧,令人拍案叫绝的动作指导,
严谨且认真,性感又绅士,

擅长飞攀高梯，教我扳动机枪，

从不置人险境，赢得众人信任。

（何钧，动作指导，"成家班"成员）

    手持机枪，空弹上膛。射击时枪口会向外喷出火花，因此站得过近会有危险，保持两米以上的距离为佳。几天前，成龙向我讲述了李小龙儿子的故事——一场拍摄中，由于子弹的处理方式不当，他被子弹意外击中后背，不治身亡。

    声响的问题令我忧心不已。我的父亲因在服兵役期间打枪而听力受损，自此，我对声响非常敏感。为了保护耳朵，我戴上了蜡球耳塞。何钧率先扳动扳机，他要给我展示如何使用机枪，因此我不能走远，须紧跟在他身后。成龙在远处注视着我们。"开火！"何钧大喊一声，射击。砰砰砰……机枪的响声比我想象得要小，像是爆竹一般，这令我很是诧异，也许是因为那不是真子弹吧。轮到我了，我有些激动，甚至还有些颤抖。何钧像往常一样耐心地指导我，温声细语与健壮有力形成了强烈的对比。我宁愿相信他对我的温柔是特别的，对待其他女演员，他更多的是尊敬、谨慎、和气，如同一位完美的骑士随时准备飞身上前解救困境中的年轻女子。姚星彤站在我身后，但和我保持了一定距离，看上去她比我还害怕。何钧让她再上前来些。射击，两团火球从枪口冲出，声音久久回响在摄影棚里。

    "这就结束了？"我有些失望。

"是的。"

技术人员装弹上膛,我再次射击,一切如前。

正式拍摄开始。一条拍摄轨道横铺在我面前,三架摄像机对准了我。我需要手持机枪,以自己为中心旋转,正对镜头时射击八枪,然后保持开枪射击姿态继续旋转。

我忧心忡忡地问何钧:"我不会伤到谁吧?这可是直接对着他们开枪。"

"不会的,他们有保护措施。"

我还是不放心:"如果朝着地面开枪,子弹不会飞弹回来吧?"

"不会的。"

何钧告诉我,当进行真刀真枪拍摄时,演员的一举一动,镜头的一帧一秒,所有的一切都已进行了精准计算:首先,他递给我那挺机枪,我在射击位置站定,举起沉甸甸的机枪;然后,他退后一段距离,只有听到他喊"手指!"时,我的手指才能搭上扳机——此时,成龙将宣布"开始"。摄制组就站在我对面,我注视着他们机械地、熟练地准备接下来的拍摄。突然,他们齐刷刷地戴上塑料防护眼镜,好像我是一只牙齿锋利的巨型白鲨,而他们是一只潜水队伍正小心翼翼地注视着对手。

我有些心慌:"那我呢?没有我的保护措施吗?"

何钧打趣地说:"不用,你根本不需要嘛。你可是被保护得最好的那个人,因为是你拿着枪啊!"

我的天哪！举着这挺硕大的机枪，我没有丝毫安全感可言，恰恰相反，我生怕自己做了什么错事。万一我的手打了滑，万一机枪从我手中滑落，万一射击时我经受不住机枪的重量而失足跌倒，万一射击时在巨大冲力的作用下我向后退了几步，万一，万一……

只听何钩一声喊："手指！"

手指连忙搭上扳机。对面的潜水队员齐刷刷地举起一个塑料板置于摄像机下方，挡在身前。他们有盾牌做保护，而我却什么都看不见了。我觉得自己像是完全裸露，孤独地举着沉重的机枪。

"开始！"

没有选择，没有时间，更顾不上恐惧。旋转，扣动扳机，砰砰砰……我气喘吁吁地停了下来，手中的机枪指向地面——这是剧组的要求。我保持这个姿势，直到工作人员上前收回机枪。

这一条镜头重拍了很多条。机枪重压之下，我的双臂越来越累，越来越沉，动弹不得。姚星彤走上前来帮我，把枪拿开。可她实在是害怕那挺枪，不让我把机枪搭在胸前放着。我什么都没说。现在，成龙要求我表演时转满一整圈再停下来，仔细地勘察周围情况，并不断地自问："他们都死了吗？"这个主意很好，而且很搞笑。但此时，手中的机枪仿佛真的有千钧之重。最后一次拍摄终于结束。天呀！我像一条巨龙一样喘息着，手指不断地按摩几近瘫痪的双臂。这又是一次

"炮火的洗礼"。

我看了一眼拍出来的样片,效果还不错。我独自一人举着机枪坚持到最后,我成功了,我为自己而自豪。这是一次双重壮举,因为一直以来我对武器都有着极度的恐惧。孩提时,我家房子正对着一片坑洼不平的空地。每到晚上都会有年轻人来此模拟摩托车障碍赛。每当听到摩托的"突突"声,我就浑身激灵,僵在一边,不敢走到家里那扇巨大、颤抖着的窗户前——我害怕一旦到了窗前,就会有无数只子弹飞来把我打成筛子。这样的恐惧很可能因为我看过美剧《神探可伦坡》(Columbo):一个女人听见邻居家里有花瓶打碎的声音,便想看看发生了什么,然而眼前的景象吓得她浑身血液停止了流动。她企图逃离,却被追来的子弹击中后背。夜晚我经常噩梦缠身,手枪追击的场景在我脑海中时时浮现,似乎总能看到那个女人在意识到死亡即将降临时的眼神,仿佛前世的我就是这样死在子弹的威力之下,今世的我又听到窗外的"突突"声,从骨子里打了一个寒战。

电影《十二生肖》上映后,有些人觉得我大抵是一位天不怕地不怕的特技女演员。的确,我的特技镜头都是自己完成的,但我可是个胆小鬼,每次拍特技,我都战战兢兢。很多影迷给我发来信息,说他们在影片中最喜欢的镜头,就是我举着机枪射击的镜头。他们十分羡慕我,问我拍摄这些镜头时是不是特别享受。要是他们知道事情的真相,会怎样呢?

另一种恐惧是心理上的。有时在工作中，无论我们怎么做都难以逃避这类恐惧的心理：我是否足够专注、投入，最终将观众也带入剧中？我是否真的甘愿冒着巨大风险去一一经历那些恐怖、惊悚的场景？这种恐惧一直都在，从拍摄前的准备开始，排练、走位、开机、拍摄，直到我端坐在大红色软椅上观看电影首映……这种恐惧始终伴随着我。我憧憬快乐、积极的生活，这些都镌刻在我的血脉中，那我为什么要遭受如此恐怖、惊悚的拍摄呢？

一位老师大喊道："所有人都要跑出着火的房子，但演员们要跑着进入房间！"

演员就是哪里着火了就深入哪里救火，哪里有问题了就冲到哪里解决问题。为了准确演绎一些精神冲击强烈的场景，演员必须做到百分之百的自信与投入，想象被演绎人物的一生：出生、亲人、朋友、人生大事……甚至会梦到。艾利·舒哈基的电影《喔！耶路撒冷》(*Ô Jérusalem*) 是以1946年第二次世界大战结束后以色列建国为故事背景。虽然我只在其中饰演了一个小角色，但整个故事情节令我久久不能忘怀，以致一日清晨，我在噩梦中惊醒，浑身战栗，强烈的感受仿佛就在眼前挥之不去。受这场梦的启发，我创作了小说《烧焦的麦粒》(*Les blés brûlés*)。

剧情需要痛哭却哭不出来，仿佛有什么东西堵着，这是令许多演员焦虑的一件事。美国老师霍华德·范恩 (Howard Fine)

认为，演戏不是为了得到一个可衡量的结果，例如哭戏；如果演员只想着流眼泪这个结果，那么失败将成为必然。应该忘记目的，完全浸入情景，坚信这就是自己的故事，情感便会随之而来。毫无感情的泪水是没有意义的，没有眼泪却能真情演绎某种痛苦，这要远比一个流着眼泪却空洞无感情的演员好。剧本上的一句"一滴泪滑过她的脸颊"，会给演员带来莫大的压力。

在拍摄丹尼斯·马勒瓦勒 (Dennis Maleval) 的电视电影《被强征入伍的她们》(Malgré-elles) 时，我就遇到了这种情况。当剧组在调整灯光设施时，我独自一人待在走廊里，调整情绪，让自己全身心浸入故事情境，我哭了起来。但当技术人员做好准备拍摄时，我的泪水已经干涸，情感的火苗已经湮灭。我恐慌极了，请求再到走廊里去独处一会儿。我想了无数件伤心难过之事，却毫无助益，我的情感像是被贴上了封条。我很害怕，因为我本身就是议论的对象——当初导演可是连试镜都没有，就直接将这个角色交给了我。拍戏时，仅仅激发情感是不够的，重要的是要与剧组同步，在正确的时间激发情感。但这很难，有时情感来得太迟，我想再酝酿一下，却又觉得如果不马上哭出来愧对大家。就这样，我只身一人待在昏暗的走廊里，恐惧一直陪伴着我，我害怕，担心哭不出来；我羞愧，因为剧组其他人都在等着我。我哭不出来，是不能进去的。终于，一粒珍珠般的眼泪悬在眼角，我小心翼翼地走进片场，避免与众人的目光交会——他们的眼神就像一阵无声的风,将要吹灭我内心的火焰。我努力忘却周围的一切,将所有注意力都集中在我的搭档玛莎·梅赫勒身上,不,是她的一双眼睛上,我甚至连她的脸庞都看不到,只有那充满悲伤与哀愁的双眸——她的瞳孔。这一刻,情感汹涌而来……

第五章
风

想象

梦想

长风破浪会有时,直挂云帆济沧海。

——李白

很长一段时间,我非常喜欢坐飞机,享受如风般自由的感觉:自由地出发,畅快地旅行,探索未知的世界……而且,乘飞机旅行也是一种奢侈呢!我喜欢在空中飞翔,从高处俯瞰大地,俯览澄澈的蓝天与调皮的白云。每当我走在机场的自动传送带上,看到那些脚步匆忙的乘客检票、登机,看到窗外一架架飞机威武地冲向蓝天,幸福与焦虑在我心中汇聚,米莲·法莫（Mylène Farmer）[1]的一首歌萦绕在脑海中：

飞机场，航站楼，
我已决心，就此离去……
如此性感，是加利福尼亚的天空，
加州印象，流淌在我的血液里。
如此性感，是街边露天的电影，忧伤而怅惘。

孩提时，我总是梦想乘坐飞机。我的首次飞行却来得相当晚——15岁那年，要去爱尔兰北部游学的我，第一次登上了飞机；而直到我获得去中国参加时装周的机会，我才第二次登上飞机。此后，我因工作飞往纽约，受邀飞往南美参加艺术节，飞到中国工作，还曾飞往许多地方参加拍摄。(如巴塞罗那、华沙、巴利阿里群岛、马提尼克岛等) 后来，我又飞到蒙特利尔看望我的妹妹，她在一所马戏学校学习。最终，我来到慕名已久的洛杉矶度假——一下飞机，洛杉矶的一切瞬间抓住了我的心。

如今，我乘坐飞机越来越频繁，甚至可能过于频繁，以致登机前那种混杂着激动与忧虑的心情愈加淡薄。我变得有些麻木，遇到长时间飞行就会想到时差，尚未登机就已感疲

---

[1] 米莲·法莫(Mylène Farmer)，出生于加拿大的法国歌手与歌曲创作者。1986年出道，至今经发行10张专辑，36张单曲，唱片销售量超过2500万张，是法国最受欢迎的女歌手之一。此处是其歌曲 *Califonia*。

惫。我喜欢从法国飞到洛杉矶的航线，因为向西飞行的航班更加轻松：由于乏累，我通常晚上 8 点或 9 点就睡下，清晨 5 点便会醒来。充满活力的我感觉拥有一个悠长的白天，仿佛全世界都属于我，时光任我支配。早起对自己是一个美丽的开端，也会给别人留下美好的印象。沐浴着清新的空气，人们感受到的是热忱，是干劲；相反，若是起晚了，整个上午都会变得懒洋洋的——人们都说，只有懒人才会睡懒觉呢！

若是向东飞行，事情就有些麻烦了。从洛杉矶到法国有 9 个小时的时差，我晚上 11 点睡下，凌晨 2 点、3 点钟就会醒来，之后便辗转反侧，难以入眠。我咒骂着，在床上翻来覆去，终于在 7 点时昏昏睡去——生气、恼怒地睡去，因为此时正是别人起床的时刻。时针指向 12 点，我好不容易才从吞噬我的睡意中挣脱，整个人疲惫沉重、无精打采。

珍珠露水落地，
空气祥和静谧。
清晨的呼吸，
与屋内小憩的美女。

我的妹妹安妮 (Anne) 也是一位大旅行家，精致可爱的外表下隐藏着一股不可估量的力量——这力量既是精神，也是体力。安妮拥有强大的臂力，她可以轻而易举地攀爬至高空并停留很长时间。安妮住在美国的拉斯维加斯，是太阳马戏团的空中飞人。她曾连续多年在披头士音乐秀《爱》的歌曲《缀满钻石天空下的露西》(Lucy in the sky with diamonds) 中扮演露西一角。她的表演我看过四五次，动作优雅而细腻，百看不厌。观众们看完表演走出来时都神采奕奕，意气风发，心中满怀梦想。后来，安妮又参与太阳马戏团在北美巡演的大秀 Kurios。这一次，马戏团为她量身定制了一个新角色——空中自行车飞人，面带微笑的她再次向地心引力发出挑战。我对高空有着极度的恐惧，每次都会有种强烈的眩晕感；而安妮却将天空与高度视为最亲密的朋友，甚至已与它们融为一体，翩翩起舞，自由飞翔。每当我登高时，就仿佛看到我坠落时的样子，我被脚下的悬空和大地深深地吸引着，不由自主地向下探去，向下，再向下。或许是因为我命里缺"土"，记得我的戏剧老师曾多次提到，我在土地上扎根还不够深。

"你有一双如风般轻盈柔长的手！"让-弗朗索瓦·伯雷(Jean-François Bauret)[①] 对我说道。这位世界闻名的肖像摄影师为人风趣幽默，不禁让我想起了我的祖父。见我满脸困惑，弗朗索瓦进一步解释：你这一双手长得格外优雅，静则柔若无骨，动如翩翩飞舞，是拍摄广告和海报的完美手模。这说法是多么荒唐。要知道，这双手使得我整个童年都遭受同学们的嘲笑与讥讽，我厌极了它……

那一年，我9岁。小学老师将我们带到体育馆上课。先

[①] 让-弗朗索瓦·伯雷（Jean-François Bauret, 1932–2014），法国著名摄影师。

做几项热身运动，如爬绳子（我从未爬到一米以上的高度，对高空的恐惧令我几近瘫倒），然后是一场手球比赛。我讨厌体育课，也因为我害怕手球，确切地说我害怕所有球类运动。但篮球除外，因为我个子太高了，一直以来我都是班里最高的，比其他人高出一头，即使男孩子也没有我高。而且，我非常瘦削——至少同学们是这么说的。今天，我再拿起那时的照片，照片上的我纤细、瘦长，比例均衡，健康状况良好，而并非"瘦削"。节食度日的女人们总将艳羡的目光投向模特和超模们，殊不知，童年的她们大多是只"丑小鸭"，被嘲笑为可怜的"芦柴棒"。不过，那些曾经嘲笑她们的女孩有的后来就变成了超重甚至肥胖的女人。当然，我也是令人羡慕的，因为我被公认为是一只"鹤"。

我一点也不喜欢更衣室。一次，在更衣室里，我正因自己苍白的肤色和瘦削的身形而自卑，两个身体强壮的女孩儿不怀好意地走了过来，虚情假意地与我寒暄。一个人尖声感叹道：

"你周末从来不出门玩吗？周日也不去森林散步吗？"

我不知道她想说什么，我只希望能获得片刻宁静。我在心里想着什么是她想要的答案，才能让我清静一会儿。

"去的，偶尔……"我尝试用模糊的回答搪塞过去。

这句话宛若地中海上的西北风，将这场对话的气氛吹得更紧张了。

"既然如此，你怎么这么苍白呢？"

两个人笑着骄傲地走远了。过后的点球大战中，我罚出

的一记点球毫无威力,那两个女孩又向我走来,脸上一副同情可怜的样子,像是要搞清楚为什么我的点球这么差劲。她们低声说道:

"把袖子卷起些,让我们看看你的手腕。"

我照着她们的话做了,她们却又打断我,尖刻地说:

"算了,没必要了。看看这双手,什么都不要解释了。"

我有一双大手,手指修长,手腕纤细,小臂无肉。那时候,我妈妈和周围的大人都安慰我说:生来就是一双弹钢琴的手。很长时间里,我都极其厌恶自己的这双"死尸般"的钢琴手。直到上预科班时,班上一位女同学赞叹道:

"你的这双手真是太美了!"

我非常惊讶地看着她,说不出话来。这是什么怪话?一定是她眼神出了问题。而如今,让-弗朗索瓦·伯雷这位工作50余载的大艺术家,他的作品时时唤起伦勃朗(Rembrandt)[①]的明暗技法。他对我这个新人说:

"你这双手可如金子般珍贵,非比寻常。你知道它们很少见吗?很少有模特能拥有这样一双手,更多时,她们的双手都有些僵硬,而你的双手柔软、优雅……这是你的一笔财富!"

试镜顺利通过,我将某手表品牌的拍摄全部拿下,让-弗朗索瓦·伯雷很是欣慰。见我对这双手的价值仍心存疑问,他说:

[①] 伦勃朗·哈尔曼松·凡·莱因(Rembrandt Harmenszoon van Rijn,1606—1669),欧洲17世纪最伟大的画家之一,也是荷兰历史上最伟大的画家。伦勃朗的油画一贯采用"光暗"处理手法,被称作"用黑暗绘就光明"。

"很多模特都参加了试镜,但最终还是选择了你,因为你的这双手是最漂亮的。"

自此,一扇新的大门向我敞开:手模。在这之前,我甚至不知道这一职业的存在,但这一职业的确十分实用,尤其是在巴黎,众多奢侈大牌云集于此,常年定期更新宣传攻势。当手模的好处颇多。正如我的艺术经纪人所说,当手模不仅不会妨碍我成为一名演员,还能改善我的生活。我只在空闲时间接受手模工作,演员仍是我的工作重心。让-弗朗索瓦·伯雷说得很有道理,这一行的确竞争很少。拍摄广告需要很多技巧,做手模几乎要以1‰秒为单位计算每一个动作。日常生活中的各种简单动作,在摄像机的特写镜头前都变得复杂起来:手持汤匙,关上洗碗机,拿起一管奶油,轻放一枚圣女果,切下一块奶酪,掰开一根长棍面包,佩戴一副珠宝,按下一个按钮……我的动作必须做到流畅、优雅、精准,这可比看上去要困难得多。

在针对一款涂面包的干酪产品广告中,一根涂抹了奶酪的长法棍放在桌上,镜头将沿着长长的法棍推移,我必须将一片火腿肠、一个圣女果、一片三文鱼在指定时间点优雅地放在指定位置上,然后,拿起一片面包。这是一段高难度镜头,若是我没能将东西放在正确的位置上,特写镜头前,物品就无法被对焦,画面将模糊不堪;若是我没能在预计时刻放下东西,镜头就什么也摄不到了,因为摄像机是沿着法棍向前推移的。此外,镜头还要求入镜的双手必须柔软、优雅且轻盈,摆放动作须如舞蹈般优美,很少有手模能够符合以上全部条件。一个动作经常需要反复拍摄多次,还有些手模会因紧张与疲惫而颤抖。我很幸运,一双手不仅如风般轻盈,亦如瑞士钟表般精准。我是"指尖舞者"。

我参与了大量手模拍摄工作,逐渐了解了什么角度才是最上相的,如何在镜头前放置双手才是最合适的。很快,摄影师们也会在拍摄过程中询问我的建议了。有时,摄影师们凭空想象一幅照片,我知道那结果不会理想,就会向他们建议将位置微调效果会好得多。当看到精彩绝伦的成片时,摄像师也兴奋不已。手模广告拍摄得越多,要求我参加试镜的也就越少,更多时候,我会被直接"点将",也就是说不通过试镜,直接开始拍摄广告。这样的机会,有的是曾经给我拍摄过的人提供的,有的则是慕名而来的新客户。因为手模工作,我得以见到许多导演、技术人员,甚至像彼得·林德伯格(Peter Lindbergh)[①]这样的大摄影师,工作的气氛融洽轻松,我也乐在其中。每次拍摄,我都会遇见曾经一同工作过的熟人。在一些首饰、化妆品或是食品品牌的客户眼中,我就是手模界的克劳迪娅·希弗(Claudia Schiffer)[②](在欧莱雅的一则广告中,我的双手还曾为克劳迪娅做过替补)。当客户与广告商翻看我的作品集,看到我

[①] 彼得·林德伯格(Peter Lindbergh),波兰人,世界上最著名的时装摄影师之一。
[②] 克劳迪娅·希弗(Claudia Schiffer),德国模特、演员。1987年,17岁的克劳迪娅被发掘,开始担任模特。1995年,被法国的 Paris Match 杂志评为"世界上最美丽的女子"。她是巴黎欧莱雅的全球代言人。

的双手登上了模特界最负盛名的 *Vogue* 意大利版,以及其他广告和出版物时,他们深深地震惊了。

人们不会因一双手而认出我,正因为如此,我可以自由选择,接拍任何手模广告:可以是奢侈品、珠宝、化妆品,也可以是手机、家用电器甚至大型零售商。无须担心形象问题,也不必为了争取一个知名化妆品品牌的广告拍摄机会而放弃超市的广告……只需要一双手,什么问题都没有。不过,由于我在广告中不会被认出,我也就无法享有肖像权。如果以演员的身份拍摄广告,我们不仅会获得按日计算的酬劳,还会在广告投放之后按照年限与国家获得肖像权费用。如果广告超过了预先协商的使用范围,还会追加肖像权费用,收益十分可观。因而我也会以演员的身份拍摄广告,这些广告会被投放至其他国家,并在未来被反复使用……这将给我带来许多惊喜。但这不要紧,我的这双手足以让我过上舒适的生活,它们是我的优势资本。

我刚到洛杉矶时,有一天晚上在好莱坞与朋友相聚。其中一人问我职业是什么,我漫不经心地答道:

"我是演员。"

闻声,他模仿我的语气,嘲讽地说:

"噢,是吗,那你在哪个酒吧工作呢?"

我不解地打量着这个男人,他是在嘲笑我吗?一旁的制片人朋友替我解释道:

"不,露娜是一位真正的演员,演戏的演员。"

他们告诉我,在洛杉矶,每个人都有一个演员梦。这是一座梦想之城,这里的每个人都渴望有朝一日能扬名天下。在每个街角,都能看到一些带着洁白的笑容(我的一位牙医朋友称之为"盥洗台笑容")、肌肉健美、线条流畅的人——这是他们每日泡在健身房数个小时的成果。这些人或是自诩演员,或是已经写下了一部剧作。在追逐名利圣杯的道路上,这些未来之星需要找寻谋生之道,以等待桂冠加冕之日。因此,在这座一切都可以变现的城市里,这些梦想着能够登上大荧屏的演员们,梦想着能够卖出自己剧本的作家们,各自都拥有一份活计,以保障他们的基本生活。一般来说,演员们会在餐厅、酒吧或夜店当服务员,这类工作能保障他们一定的灵活性,便于参加试镜或戏剧课。若是他们只在晚上和周末工作,那就更方便了。如果能在最新潮的夜店或最时尚的餐厅工作,便能挣得非常不错的生活。在洛杉矶,这座充满幻想与幻灭的城市里,想获得这项工作,靠的是外表,服务员们都是俊男美女,如电影明星般靓丽。在一些夜店里,有的富豪不经意间挥手数十万买下几瓶香槟,服务员一晚甚至能拿到上万元小费。

第一眼看上去美好而富有诗意的,终究不是现实。除了少数几个服务生成为影星,例如,蕾妮·齐薇格(Renée Zellweger)[①]之外,其他人自始至终都只是一名服务生,他们的活力、想

[①] 蕾妮·齐薇格(Renée Zellweger),美国女演员,第76届奥斯卡最佳女配角奖得主。

象力和创造力都会被这份工作吞噬。在浪费了大把青春年华之后,梦想破灭的他们再回到故土。此时的他们早已对花钱如流水的场面麻木、厌倦,变得迟钝,仿佛他们曾经是在工厂里做工,枯燥乏味的工作早已将灵魂深处的想象力磨灭。

无论是做演员还是做手模,拍摄广告从来不是一件简单重复的工作。得益于拍广告,我不仅可以跑遍各类试镜,还获得时间培养我的想象力,培养我梦想、演绎、创作的艺术才能。

想象力最大的敌人是电视机。各类节目、电视剧与电视电影早已被随意插入的广告搞得四分五裂。看电视是在被动地吸收,对想象力没有丝毫作用。一个人即使将频道调来换去,他依然是个昏昏欲睡的观众,并非是在真正地选择。走进电影院观看一场大荧幕电影,倾听昏暗中升华的音乐,这才是一场真正的、感官饱享的盛宴。这可比按电视遥控器要积极、主动得多。人们以为看电视能放松心情,殊不知当我们坐在电视机前被动地接收那一连串密集画面时,身体会受到过度刺激,变得更加疲惫。

一个人想象力的开发始于幼年,小孩子一定要避免过度刺激。成为妈妈后,我对想象力的开发格外感兴趣并发现了婴幼儿保教者资源机构[①]的 RIE (Resources For Infant Educators Institute) 理论。通过研究,玛格达·格伯 (Magda Gerber) 和儿科医生埃米·皮克

---

① 婴幼儿教育资源机构是致力于提升全球范围内婴儿保育和教育质量的国际性非营利组织,RIE 理论是国外流行的育儿理论,宗旨是探索对婴儿和学步儿童的照料和教育之道,致力于帮助父母和孩子学会互相尊重。

勒(Emmi Pikler)提出,家长应将一些简单物件交给孩子(如小金属杯子、塑料环、小硅胶碗等),这有助于激发孩子的创造力和主动性。当小宝宝还在对自己的小手惊叹不已,对阳光的折射与阴影游戏玩得不亦乐乎时,为什么要在他床的上方安装一个会旋转、会发光、会发声的玩具呢?RIE理论让我对自己有了信心,我不再去给宝宝买各式各样的复杂玩具。宝宝会把硅胶杯子当成陀螺扔来扔去,会发现杯子不同侧面发出的不同声音,他时而将杯子放入口中,时而把杯子扣过来,看到他想出上百种我完全意想不到的游戏,创造力远高于我,我是多么幸福啊!直到他两岁时,我都不让他玩那种装上电池按个按钮就开启的电子玩具。一个积极主动的宝宝和简单被动的玩具,远胜于被动的宝宝和主动的玩具。同时,我还尽量避免孩子接触电视以及其他电子屏幕类产品。

  英语中 Couch potato 一词,字面意思是"沙发土豆",实际上说的就是瘫在电视前的人,这是典型的"被动观众"。当一只"沙发土豆"是被动接收,而翻开一本书则是主动吸取:在想象力的激发下,一个个单词被解码成画面,投射在脑海中。这是一场想象力迸发的表演,在作者辞藻的孕育下,一个独特的世界诞生了。想象力用得越少,其作用越是微弱,最终它被遗忘,逐渐消失。自然、艺术、音乐、梦想、创造,这些都为天马行空的想象插上了翅膀。想象如一片空气,无法触摸——我的母语法语单词 imaginaire(想象)之中便有 air(空气)。有时,灵感如一股细弱的气息飘至心田,瞬间便消失殆尽，宛若夏日温柔的微风。

2003年冬，我在巴黎参加戏剧课程。练习想象力发散是我最喜欢的课程内容，很像是童年时安静又温和的游戏。在一个美好的冬日下午，腼腆的阳光拂过窗子，我们保持平躺姿势，闭上双眼，放松全身，唤醒各个感官。我们的任务是让自己的思绪自由游走，随着老师的话语在心中绘出画面：

"你们站在大海边，感受到海风习习。海水温度正好，你们向水中走去。在水下，你们能毫不费力地呼吸，又向海洋深处进发。"

老师的话语抑扬顿挫，一条完整的生命也逐渐在我心中成形，仿佛在一个迷人王国里，我真真切切地感受到自己的身体、灵魂都浸入水中，我游动着，我摸到了鱼儿，我为海洋深处的奇观激动、振奋。很多同学都觉得这个练习难度很大，甚或索然无味，便将思绪"收回到陆地上"，开始想些别的事情：如逛街该买点什么，晚餐要吃些什么；还有些人则进入了梦乡。

我坚信艺术可以激发想象。2010年秋，我跟随教练霍华德·范恩在美国参加了为期12周的艺术坊，几乎每天都要为第二天的工作做准备。一天，为了锻炼个人的想象力，霍华德让我们自选博物馆，而后将我们送至其中。与巴黎相比，洛杉矶的博物馆数量并不多，我选择的是洛杉矶郡艺术博物馆。学生们要在博物馆内观赏画作，并选择一幅，自己在舞台上进行表演。霍华德断定，此种练习将帮助我们适应有可能遇到的历史剧或非当代剧场景。我最钟爱且给予我最多灵感的是讲故事的画作，它让我觉得我能够穿透画面表层，走进画中的世界。

丰富的想象力是我当演员的资本之一。各种想法源源不断地从脑海中进出，我仿佛热气球般自由地飞向天空，步入一个梦幻世界，一个导演口中的世界。当导演向我悉心描绘这个世界时，我的脑海中便绘出了一幅幅具象的画面，就像爱丽丝在仙境中梦游，一句咒语轻吐，便将我吸进另一个奇妙世界。

成龙有着天马行空的想象力。看着他创作，看着他描绘出一帧帧镜头，令人激情澎湃，活力无限。《十二生肖》中有一场很棘手的戏：成龙、姚星彤和我从悬崖坠落过程中的对话。在北京瑟瑟冷风中，成龙将演员、编剧和对白教练麦里聚拢在身边说戏，告诉我们这对话应该是有节奏的，像一段音乐："哒，哒哒哒哒哒，哒……"我们需要编出一段贴合情景的对话。大部分导演遇到这种情况都会从剧本对话出发，编排合适的情节、动作，但成龙却反其道而行之。他总是以动作为创作出发点，脑中早已有了精准到1‰秒的动作画面，拍摄时镜头该如何推进，蒙太奇又该如何剪辑……早在拍戏之时他就已经对后期制作成竹在胸了。一般来说，无论是在美国还是在法国，导演会在拍摄伊始或尾声拍摄一份母片，即演员将整个情节完整演绎，摄像机先从远处以大全景镜头进行拍摄，

然后将镜头拉近,进行特写镜头、反打镜头等的拍摄。成龙很是骄傲地对我说:

"你看,我从来都不拍母片。一切都在我脑海中,母片不拍也罢。"

开始"头脑风暴"。大家七嘴八舌地向成龙提出自己关于对话内容的想法,唯一的标准,就是这段对白须贴合动作且幽默搞笑。剧中,"我"的裙子在坠落过程中被树枝刮到。"我"担心走光,执意要整理一下衣服,可这个动作又引发了新一次坠落。成龙补充道:

"我不希望我的电影成为低俗、低级的代名词。我希望给观众留下一个良好的观影印象,所有人,即使是小孩子,也能看我的电影。最初我不是这样的,是影迷们推动我进步:他们质问我为什么拍摄那些反面例子。他们的声音令我深思,于是我做出了改变:不拍摄裸露镜头,拒绝粗俗低劣。"

看到"走光"的情节,他不禁双眉紧皱:有趣倒是有趣,但……最终,我们想到了一个折中的法子——看到"我"的紫色内衣露出来时,可可将大喊一声"紫色的!",这一情节正好与影片末尾的一个笑点相呼应。这场戏拍完后,紫色已经成为我的最爱了。我暗自松了一口气——紫色可比米色更适合我。

拍戏时,成龙还向我展示了一个喜剧表情:使劲攀在两根长藤上,我要像拉·封丹笔下的青蛙一样鼓起双颊,两根藤蔓收紧,挤压我的脸蛋,我的瞳孔里满是恐惧。"扑通"一声,

我放开了。成龙又给我示范了一次如何做这个鬼脸:

"你的眼睛里要有东西,要有感情,你的眼睛得会说话!"

我又努力做了一次,他哈哈大笑起来,"对对,就是这样。到时候观众一定会在影院里乐翻天的。"

每次成龙想到一个喜剧点子,他都会考虑到影院里舒舒服服地坐在绛红色扶手椅上的观众的感受。我想象着在影院一片黑漆漆中,上百名中国观众拿着爆米花,面对我们笨拙不幸的遭遇笑得前仰后合。是的,这场景仿佛就在我眼前。我相信这位喜剧之王、动作片之王,我确信一切都会顺利进行。成龙告诉我,他经常去电影院看自己的电影,躲在黑暗中认真观察每一位观众的反应,这也是他不断进步的法宝。

2012年12月,《十二生肖》在中国全面上线,风头正劲,大街小巷都布满了它的宣传海报。出现一部卖座的电影,一家影院若有七块荧幕,恨不得将其中六块都拨给这部电影。我来到北京三里屯,这里是外国人聚集的地方。在一家影院,我悄无声息地落座,一顶软帽遮住金发,宽大的外套、直立的领子尽量遮住面容。我发现中国观众们很是爱笑,甚至有时候他们的笑点超出我的预计。例如,当"我"被一片海洋包围,发现不慎遗失了装有曾祖父骸骨的珍贵背包时,我呢喃道:"没关系,他是很喜欢大海的。"

影院里爆发一阵笑声。我吃了一惊,因为之前从未觉得这个戏份是这么搞笑。

成龙鼓励我们开发自己的工作项目。我由此萌生了制作电影的想法并付诸实践——这是一部中法联合制作的喜剧电影,我既是制作合伙人,也是演员。电影大约会在此书出版后不久上映。我在中国的遭遇给予这部电影创作很大的启发。影片是讲述一位法国模特的故事:她来到中国工作,却遇到了一家只看外表,不问能力的模特公司。她无视命运的风暴与巨浪,在一座小城里直面生活的跌宕起伏。文化的差异与冲突使她经历了许多啼笑皆非的糟糕场面,这些都将给观众带来欢乐。

电影伊始,主人公吕娜在巴黎的一次时装秀中"毁"掉了整场表演——这一情节是我基于自己的一次不幸遭遇夸张创作而成。那时,还是学生的我受邀参加北京时尚周的走秀。表演前夜,我们通宵排练,将模特们按照主题和颜色进行分组排列。我身着未来主义服装,属于蓝色组。按照计划,我将第一个走上T台,在T台最前端停下,摆造型,紧随其后的模特们也顺序摆出造型,当所有蓝衣模特定格于台上,我便要转身回走。

走秀即将开场。就在我准备走上T台时,中方设计师离着老远就向我喊话,话语里带着慌张。她的英语夹杂着浓重的中国口音,我隐约听到:"别停下!"

我问道:"什么?"

她激动地挥舞双手,竭力呼喊,希望能盖过震耳的背景音乐。她无法走近我,大量模特不断涌入后台,先前的模特纷纷手忙脚乱地换衣服。一位戴眼镜的年轻中国姑娘拿着秒表守在舞台入口处，突然，她像一个被激活的风信标，如狂风般将我推上了T台。困惑、不知所措，面对完全相反的指令，我究竟应该怎么做？不在T台前端停留，直接走过去？穿着一双超高的高跟鞋走在T台上，我有些摇晃，很快就走到了舞台前端，但依旧不知所措，两种声音在心中争吵：停！不停！

在尽头停下、摆造型，我们花了整整一夜反复排练。最终，我按计划在舞台前端停下，像海报女郎一样一只脚伸至身体前端，一只手搭在胯上，面无表情，仿佛高级服装定制的模特般傲慢高冷。我感觉下一位模特的脚步渐渐近了。可令我大吃一惊的是，她并没有停下来，而是毫不犹豫地走过我身旁，操着坚定的步伐走向舞台末端，转身，离开，T台上只留下目瞪口呆的我——那我呢？她甚至没有稍稍放慢步伐，就这样径直离去，让我像个傻瓜一样站在台上。后面的模特走来了，也许还有一线转机。然而，当我还在无力地支撑时，她们骄傲地扬起头颅，身体向字母I般笔直——她们坚定地走了过去，甚至都没有向我瞥一眼，仿佛站着的我是个幽灵。我愈加觉得自己愚蠢笨拙，怎样才能弥补这个错误，给自己找个台阶下呢？思索间，红衣组模特已经上台。一片红色中夹着唯一一个身着蓝衣的我，这简直是场灾难。一瞬间，我做出决定——结束造型。我迅速插到两个满脸疑惑的红衣模特之间，走向终点。我为自己的错误尴尬不已，羞愧难当，唯恐会因此遭受处罚,永远不能再登上时装秀的舞台……

新电影中还有一群老太太在公交车上与模特相遇的情景。这个故事的创作同样源于我的亲身经历:我前往上海参加另一场时装舞台秀。在公交车上,不懂中文的我彻底迷失,只得拿着地址询问。车上大多数乘客都上了年纪,不说英语。我尝试着与一位老太太交谈时,其他老太太也围了上来,带着好奇与善意细细打量着我。见我遇到了难处,乘客们都十分关切地想帮助我,公交车一时间热闹起来,像是迎来了一大批蜜蜂,人们相互说着我无法理解的话语。最终,满脸皱纹的老太太们向我指了指车尾的一位老先生,他挥动着身份证,露出掉光牙齿的笑容。我又不懂中文,看他的身份证有什么用?我迷惑不解地看着他。老先生坚持要给我看。好吧,既然如此,我就看上一眼让他高兴——啊,我恍然大悟:他的住址正是我要去的地方!能帮到我,老先生非常高兴,他示意我跟着他走。他带着我下了车,又上了另一辆公交车,就这样,我不费吹灰之力就找到了目的地。

置身于舒适宜人的大自然,无论是幽幽青草还是醉人花香,无论是头顶的莺声燕语还是脚下昆虫的窸窣鸣叫,所有一切都是我创作的灵感与源泉。自然旖旎的风光吹奏着动听的旋律,飘至我耳边,融进我心间,给予我内心无限惬意与平和,我不禁诗兴大发。

苍峰之巅，乌云之下，
银色的风暴闪电刺眼炫目。
山谷深处，沉睡村庄，
悬崖边的废墟，切肤之痛。

在洛杉矶期间，我幸运地在这座现代化大都市中找到了一处亲近自然之所：这是一处植被茂盛的山冈，离喧嚣的天使之城仅有5分钟车程。对于一个久居巴黎的人来说，这是天上人间：即使是在蒙马特高地也难以找到如此亲近自然的地方。

法语将蜂鸟叫作"蝇鸟"，而英语中则是"发出蜂鸣声的鸟"。在我看来，英文叫法更尊重这类鸟，且更加具有诗意。清晨，嗅着空气中的温暖与花香，我经常看到欢快的蜂鸟在树林花草间蹦蹦跳跳。一天，一只蜂鸟闯进了敞开的落地窗，找不到出口了。它跌跌撞撞，最后筋疲力尽地瘫在一扇观景窗前。我伸过去一片纸壳，它看了看我，乖乖地走上纸壳。我小心翼翼地捧着纸壳，慢慢走到天台，小蜂鸟振振翅膀，飞向了天空。

2013年9月，我已经怀孕6个月了。清晨5：30，我睁开了双眼。我是被饿醒的——我从未在这个时间有过如此强烈的饥饿感，不吃点什么根本睡不着。我半睡半醒地坐了起来，迷迷糊糊地走到厨房，没有开灯——生怕将睡意驱散。窗外的夜空繁星点点，乳白色的微光投进窗内——那是月光与城市灯光的交融。借着朦胧微光,我打开壁橱,蘸着蜂蜜涂了一片面包,坐在沙发上吃了起来。9月的夜温和舒适,屋子里通向阳台的落地窗是敞开的。突然,一声沉闷的窸窣传来,昏暗中,我看到一个巨大的黑影闯了进来,向我直扑过来。我吓坏了,大叫一声,跳到一边。那黑影落在屋外阳台的凭栏上;我这才隐约辨出这是个什么家伙:圆润的轮廓,两只耳朵直直竖起……一只猫头鹰!我冷静下来,可一想到刚刚那对展开的巨大翅膀,仍心有余悸。这只猫头鹰看上去体态庞大,不像是个"新生儿"。我从来没听说过猫头鹰袭人的先例,一阵惊恐过后,我恢复了呼吸。我感觉那猫头鹰像是在盯着我看,但屋外漆黑昏暗,我只能辨别出它浑圆的轮廓,看不到它的眼睛。我起身去拿手机拍照,这样明早醒来时才能证明我不是在做梦。我估摸着也许它会害怕,会飞走。但不,它一直在那里。我怕吓到它,不敢走上前去。它则一直看着我,一动也不动。我打开客厅的灯,终于看清了这只猫头鹰——它长着白色眼圈,目不转睛地看着我。奇妙的一刻。我很想把阳台的灯也打开,以便更好地观察它,但那样它大概就会飞走吧。我开始对它讲话,对它吹口哨,想让它安心。猫头鹰一定觉得我很蠢吧,这又不是乌鸫①。它将头转向一旁,远处的城市里正闪耀着无数个小亮点。然后,它展翅离去,双翅展开竟有一米半左右。猫头鹰飞走后,我有些伤心,又有些

---

① 乌鸫,是鸫科鸫属的鸟类。全身黑色,嘴黄色,鸣声嘹亮,春日尤善鸣啭,其声多变化,故又称"百舌"。

许欣喜，因为我觉得这预示着我的宝宝被选中，而这只猫头鹰则用饥饿感将我从睡梦中唤醒，与我来了一场不期的奇遇。从此以后，猫头鹰的精神将守护着我和我的宝宝，这次是它特意来与小家伙见面的。这想法归于平静，孕期的焦虑、不安一扫而光，我坚信，一切都会顺利的。

第二天，果然，没有人相信我的话，大家都说这是我的幻觉，我看到的应该是这片山区常见的一种鸟——隼。不，我知道那是一只猫头鹰，它体态圆润、饱满，与隼细长的身形截然不同。猫头鹰与隼或鹰有着天壤之别，这是常识。接下来的几夜，我焦急地等待着、守候着，希冀能再次见到它，然而什么都没有。10天过去了，这天晚上7点左右，我正在厨房忙碌，一转头，一个熟悉的身影再次出现在阳台栏杆上。它回来了。我高兴极了。这次，它看看我，头不停地转向两边，密切地观察着周围。我预感它不会待太久。一段旋律从猫头鹰嘴中飞出，不是鸽子、斑鸠的咕咕叫声，也不是鸟儿传统的鸣声，而是一段摇篮曲，一段动听的啁啾啼鸣。它是在为宝宝唱歌。此刻，我感到自己的孩子被大自然母亲赐福，而这只猫头鹰则被选中前来与宝宝见面。随后，它就飞走了。

这一次，我决定好好查一查猫头鹰的寓意。在网上，我找到这样一句话："如果有一只猫头鹰来拜访你，一个不可思议的礼物已经赐予了你。"我大受鼓舞，继续读下去："如果猫头鹰看望一个人，那就说明这个人与猫头鹰有着共同的精神——这些人或是直觉敏锐，或是性格坚定，或是有守护神在侧，或是兼而有之。"猫头鹰的到来让我继续发展我的直觉，同时，这也提醒我应该更多地观察周围的人。有人建议我在陌生人面前要充分发挥自己敏锐的洞察力，因为不是所有人都像它表现出来的那样善良。猫头鹰在众多民族文化中被赋予不同的意义：智慧、直觉、敏锐、独立、审慎、守护、神秘、权力的思想等。印第安人将猫头鹰视为对抗邪恶的保护神，他们佩戴猫头鹰的羽毛，以期远离不祥。如此看来，我的直觉没有骗我：我的孩子和我的确得到了猫头鹰的庇护。

中国台湾的冬季温和得像阿尔萨斯的暮春时节。2012年1月，当我们再次回到台湾时，成龙告诉我，鉴于我在剧中饰演的是一位活泼开朗、知书达理的优雅伯爵小姐，他希望我能在影片中用法语咏诵一首诗歌。一首诗？当然没问题！我能自己作诗一首吗？成龙答应了。他向我解释，剧中，我将用法语一句一句地诵读这首诗，再由可可把诗译成中文，但实际上，她的翻译把"我"想表达的意思完全弄反了——这正是喜剧的特点。编剧唐季礼先生将这首诗中应该包含的元素一一交代给我。

　　温文尔雅，每场戏都亲临现场。
　　洞隐烛微，每本剧必编排细腻。
　　思涌如泉，化成龙想法为文字。

斟酌推敲，多年经验积累之果。

(唐季礼，编剧)

这首诗旨在向成龙饰演的角色表达感激之情，不宜过长。我决定写亚历山大体四行诗。嗯，就这么定了。唐先生请对白教练麦里来帮助我。麦里对这段情节早已心中有数，并且她已经把剧中可可的翻译台词记了下来。于是，我们走进台东一家简朴的小馆子——说是简朴，实则简陋得像路边摊一样。但这里的食物十分美味，尤其是在这里我们能喝到新鲜的椰子汁，这是我的最爱。就在这里，我写出了影片中的那首诗：

骁勇的骑士拯救万民于水火，
踏上前方征途，险境千万重，
纯洁正直勇猛，坦荡无私欲，
他们的慷慨美德终将有所获。

从那以后，我把写诗当成了一个游戏，想着：要是我再写首诗给成龙如何？还有其他演职人员，也给他们写上一首如何？现在，我们正驶向高雄港，并将在这个重要的工业港口度过几日海上生活。美丽的大自然、无垠的海洋、广阔的天空，这一切的一切都赐予我灵感。离开高雄港后，为了远离海岸，我们的船又向太平洋深处航行了几个小时。船上奶白色的皮沙发，被冬日腼腆的阳光照得暖洋洋的。我喜欢坐在甲板上，双腿随意地搭在船体上,就像驾驶帆船一样,面朝大海,任凭海风吹拂着我的头发,浪花激起的泡沫抚过我的鬓角,尽情地欣赏着眼前这片广阔无垠的蔚蓝海洋。我给剧组成员的小诗都是这样写就的:我将这些诗打在手机上,然后大声地读给他们。

刚提笔时还觉得很艰难,但到后来,思绪不断涌现,就像一艘航船没有沉入海底,而是在太平洋的台湾海域上随波漂游。我由此感受到了一种真正的快乐,这份快乐是简单且自然的,是令人愉悦的。整个剧组中只有麦里一个人说法语,因此只有她能欣赏我的小诗。听着我的诗,她不时会露出笑容,迫不及待地想听后面的部分,这更鼓励我继续创作下去了。每首诗都是为了致敬剧组的一位演职人员,通过我对他或她的观察,以幽默喜剧的形式——正如我们的电影一般——进行创作。每个人都会收到一首四行亚历山大体诗,免得他们互相嫉妒。

小诗写就后,我采用花体大写的格式,小心翼翼地将它们誊写在一页页厚纸上。电影杀青在即,我希望通过这种方式向每一位工作人员表示感谢。收到小诗时,很多人都非常惊讶,惊讶于这份关注、这份心意。我用法语将诗读给他们,当然了,他们无法理解这诗的内容,但应该能感知韵律的优美,法语本就是一门优美的语言。然后,我用英语简要地将这首小诗翻译给他们,并奉上誊写好的那页纸——那是我用自己能写出的最美的字体写就的。

我喜爱诗歌,喜欢按照一定的规则,押上韵律和韵脚,于遐想间尝试着将世间无穷无尽却又难以捕捉的美纳入文中。我的两种思维正是在诗歌之中碰撞、融合——一个是求学时形成的工程师的数学思维,另一个则是作为演员、艺术家甚至是空想者的不羁与艺术思维。

黄昏时分的怀疑

日暮西沉,
发出最后的火光,
夜幕将至,
听不到一丝杂音,
屋外,是夕阳——
在推搡,在激荡。
黑夜王国,
就这样无声无息地到来。
被遗弃的我在战栗,
疑问开始在心中盘桓,
怀疑的阴影已经投下,
他,还会回来吗?

阴影在扩张,
不断地蚕食着——

恐惧令我瞠目。
惊愕让我失魂。
我守候在窗边,
期盼着他的标志的出现。
黑色影子的幽静,
让四周一片死寂。
它们不停地穿梭,
使我迷醉其中。
我已经失了理智,
连名字也记不起。

黑暗终于取得了胜利,
我几乎就要倒下。
就在这时,
他的身影却无声地清晰起来。

灵感,经常会在晚上我准备睡觉,或者已经躺在床上等待困意将我带入梦之国度时突然迸发。大抵是因为此时的我们已经放手,不再控制,听任意识带着我们走。有时,我也会在清晨刚睡醒时灵光一闪,开启全新的一天。

我喜爱写作,喜欢品味文字。对于我来说,文字就像是一块块方形巧克力,字斟句酌的过程就是在提炼它们的香气,刺激体内内啡肽等其他欣快剂、幸福剂的分泌。作家与演员有一个很大的共同点:能够体验多种生活。这也正是我选择演员这一职业的缘由:我们能体验上百种,甚至上千种不同的生活状态;能够探寻自我的不同侧面,经历不同的时期、不同的国家;能够回顾过去,展望未来……若是一名作家,那就更好了,我们将有数不尽的可能与故事。我们可以是一只动物、一株植物,也可以是个男人、女人或是孩子;我们还能走进一位老者的心灵,哪怕自己实际上还不到20岁。

我一直钟情于写作,钟情于阅读。小时候的我经常生病,有些病症普通人只会得一次,而我却总是反反复复。如此这般,以致我的健康本里夹满了附页,才能记录下所有的疾病。然而,我并未因此而闷闷不乐。因为我可以借此不去上学,还能赢来众人的同情。祖父母来看望我时还带了一个小礼物,希望能改善我的精神状态。他们怜惜地看着我,像是在看一个久治不愈的老病号。我的父母照顾着我,对我不再有任何其他要求,只要身体康复就好。而我,则贪婪地享受着阅读的乐趣,直到眼睛疲惫得发红发烫,头痛得仿佛要炸裂一般时,才肯放下手中的书,不再继续翻页阅读。

一朵小花,
像心房般生长。
待你长大,
定会芬芳飘香。

这是我4岁时写下的诗。从那以后，我就开始不停地写诗，写短篇小说，积攒了很多长篇小说的草稿，却从未完稿。我无法成为一名作家，最主要的原因：缺少恒心。我给一件事开了头，却没有结尾。因为生活占据了上风，我太忙了，所有时间都被填满了。时间就这样溜走了。几年之后再回头看，一个一两页长的故事刚刚有了开端，就"流产"了。20岁时，我不乏提笔写作的激情与热忱，可一旦过了最初的热乎劲，我就坚持不下去了。我需要一个目标。听说有一个中短篇小说创作比赛，主题为"嘈杂"。太好了，这正是我需要的目标。于是，我积极地投身到比赛当中，完成了我的第一篇短篇小说——《海洋》。这篇小说被大赛评审选中，夺得一等奖。我兴奋不已，这让我有了继续创作下去的动力。

一年夏天，我和父母以及妹妹在托斯卡纳度假。我们在埃尔萨谷口侧面的一个小村庄里漫步，四周是一望无际的田野，我们享受着夏日的温柔，如闲云野鹤般悠闲。在回去的路上，一本名为《托斯卡纳》(Toscane)的小说吸引了我的注意力，我情不自禁地翻看起来，如蜂蜜般香甜的文字在纸上流淌。

"天空美得像天使"，阿尔蒂尔·兰波（Arthur Rimbaud）[①]这样写道。传说中的守护天神令我着迷。一位法国记者讲述他曾在某战乱国家参与报道，开车时，他向他的守护神发出挑战："我不相信你的存在！如果你真的存在，请让我知道！"就在

[①] 让·尼古拉·阿尔蒂尔·兰波（Jean Nicolas Arthur Rimbaud, 1854—1891），19世纪法国著名诗人，早期象征主义诗歌的代表人物，超现实主义诗歌的鼻祖。

那时，他没来由地俯下身体，躲在方向盘下方——他说，这是瞬间的本能，是心中一个声音对他的指令。一秒之后，一颗子弹冲破车子的前挡风玻璃。若不是他弯下了腰，子弹就会径直打入他的脑袋。这件事之后，他决定探寻守护神的世界，还写了一本书。这个故事让我心烦意乱，我也开始写作，计划创作一本科幻小说。但我没能完成整本书的创作，而是把它写成了一篇短篇小说。

我也写儿童作品。即使入组拍摄，我也会坚持阅读。不过，我的内心深处还是更希望寻找机会演戏。演员本就是一个全职工作，拍一日算一日的态度是不对的。趁着青春年华，我们更应努力工作。否则，年龄越大，越难找到合适的角色。而写作则不然，没有这么多限制。因此，我决心专注于自己的演艺事业，但始终在心中留有一块空间，时时倾听自己的心声与思考。

2013年3月初，被《十二生肖》漫长的巡回宣传活动累得精疲力竭的我终于回到巴黎休假两周。2012年5月，《十二生肖》尚未完成制作，但宣传活动却在戛纳拉开了序幕。此后，宣传造势越发热烈，于当年12月在中国达到巅峰——12月12日，在北京举行的《十二生肖》全球预映式上，我第一次看到了电影全片。接下来则是数周的疯狂巡回，影片十分成功，超出所有人的预期。中方制片人兴奋地告诉我：

"电影不断地打破历史纪录，截至目前，这是华影史上第二卖座的电影。"

而此时此刻，我正在巴黎，漫步在世界上最美丽的香榭丽舍大街上，就像《香榭丽舍大道》[①]唱的，"我漫步大道上，心儿向陌生人敞开"，写一本书的想法就在那一刻诞生。

创作的过程中充满了怀疑、质疑与不自信，我反复问自己："我能做到吗？"但即便如此，我仍从中感受到了巨大的欢愉。时光如白驹过隙，数周时间已悄然流逝，可我就是不能坐下来面对未知，面对计算机屏幕上那个严肃又令人焦虑的Word文档。我给自己找各种借口，告诉自己还有无数件比写作更重要、更紧急的事情需要完成，如必须尽可能多地阅读有关怀孕、婴儿房布置的书籍，我必须什么都懂，什么都会，从年轻妈妈们的经验教训到澳大利亚科学家针对聚氨酯对新生儿肺部发育危害性的研究……一天就这样过去了，当午夜的钟声敲响时，我一个字也没写。在好莱坞，人们都说作家和编剧有着完美的冰箱，因为与坐下来写作相比，他们会将打扫房间放在任务单的首列——甚至连屋顶与冰箱都不放过。现在，我身上同时凝聚了美国剧作家和所有准妈妈对完美与洁癖的极致执着。

写书是一个漫长又枯燥的过程，仿佛置身于一片浓荫蔽日的广袤森林间，陷阱障碍重重，既无前人留下印记，也无捷径可取，只得缓慢前行。学习一门外语，效果是立竿见影的：一次课程结束，掌握了大量新词；进行工作会晤如试镜，结束

[①] 《香榭丽舍大道》，法国经典歌曲，1969年收录在 Joe Dassin 的专辑《香榭丽舍大道》中。

时我们会说:"好了,结束了。"拍摄一部影片或一则广告,几个月后作品面世,便在我们的演艺生涯中刻下一个印记。但写作呢?只有等到全书结稿之日才有结果。写作不是一蹴而就的。写完了一页也不能保证可以写出下一页。写作时,我们面对的是自己内心深深的恐惧与怀疑。

第六章
宇宙

明星

外表

红毯

> 金窝银窝不如自己的狗窝。

童年时，我的外表令我忧虑不已。圣·埃克苏佩里在《小王子》中写道："只有心灵方能看清事物本质，真正重要的东西肉眼是无法看见的。"我生长在一个严苛的天主教家庭中，圣·埃克苏佩里的这句话也对我们影响很深，家人对个人的外表没有刻意要求。我的母亲是高中数学教师，她教导我们，那些喜欢打扮自己的人是为了吸引别人的注意力，因为他们无法依靠自己的智慧而生活，他们别无选择。她曾说，文学班化妆的学生要比理科班多，因为理科生学习勤奋刻苦，没时间摆弄琐碎的装饰品。

孩提时，父母从未对我的容貌有过半句称赞，同学们也以嘲笑我的瘦削和丑陋为乐，甚至我的表兄弟们也会甩来几句尖刻的话语：

"只有杂草长得高！"

一天下午，我的表姐花了半个小时的时间为我化妆。刚化完，男孩子们就嚷道：

"没用的，再怎么化你也是丑的！"

随着年龄的增长，我渐渐明白了这些冷嘲热讽的源头——嫉妒。家里的男孩子嫉妒我虽然年龄比他们小，却长得比他们高；班里的同学不敢攻击我的成绩，因为不论什么学科，我的成绩都是班上最好的。而相貌就不是这样了，这是一个感性又主观的话题。于是，他们使我相信，我虽然长得高，却很丑。

唯一的王牌就是我的一头波浪般的金色长发。我知道我的头发是迷人的，因为当我陪母亲去养老院看望曾祖母时，一头金发为我赢得了不少赞扬。我不喜欢前往养老院，苍老、衰竭、朽迈的味道令我厌恶。苦楚、悲伤、遗弃与疾病充斥在这座为衰老而建的"监狱"里。沟壑般的皱纹、弯成虾米般的后背，衰老与失意让我焦虑，他们像是来自另一个星球——衰老星球。我深爱着那些年事已高却仍健康、快乐的人，例如我祖父母的朋友们。但我却害怕这些养老院里的"外星人"，他们缺少爱，他们渴望看到、触摸到年轻的肌体。来自衰老星球的"外星人"被禁锢于此，这里弥漫着不幸与悲哀，让我难以接受。当我走在走廊里,那些手指弯成钩的可怕的老太太们总要摸一摸我的头发。她们贪婪地,像吸血鬼一般地吮吸着我散发出的青春气息。我不喜欢布满皱纹的双手伸进我"灰姑娘"的秀发,但她们对我的称赞减少了我心中的不悦。这是我的外表受到称赞的唯一时刻。

从小我就知道自己不漂亮。我并不因此烦心,因为我有着深爱着我的父母。但有时,我也会担忧自己的演员梦想能否实现。13岁时我参加英国游学活动,期间有一次,我从洗手间出来,迎面矗立着一面高大的镜子,它看上去凶猛、无情,仿佛那不是一面镜子,而是一道悬崖。我看见一个比我年长且十分漂亮的女孩儿正在镜前洗手,羞愧地不敢走上前去。镜子里的她是那么的完美,我若走过去,定是对美的亵渎。我只能小心翼翼地走到洗手池前,不敢抬头看向镜子。

14岁的一天,我和朋友去游泳。我很不喜欢穿泳衣,瘦削的面庞与肢体都暴露在外,这让我恐惧到了极点。这天,我还碰到了一位朋友的母亲。第二天,她一见到我就说:"我妈妈觉得你穿泳衣的样子非常好看。她说你长得又高又美。"

长得美,我吗?难以置信。

我开始学习现代爵士舞。舞蹈间里,巨大的镜子遮住了整个墙面,我必须看着镜子里的自己,因为只有这样才能观察舞步,取得进步。我紧盯着镜子里自己的动作,没有时间想更多,更没有时间观察自己的身形,与别人相比。在开始的几节课上，我震惊于自己肢体的僵硬而无心其他。慢慢地，我意识到我其实不是瘦削，而是纤瘦。奇怪的是，别的女孩儿纷纷开始减肥——她们想像我一样纤瘦。舞蹈让我与自己的身体渐渐亲近起来，我爱上了它。青春叛逆期的我总是通过别人的眼光看自己；现在，一切都反过来了！朋友的母亲觉得我长得可爱，其他女孩渴望像我一样苗条。初中时，我不再听从妈妈的教导，每天都化妆，到了高中，我依然如此。虽然我进了理科班，但无论如何我都要化妆。我可以既有智慧又有美貌。这是我和妈妈在教育观念上的不同。

　　进入预科班，我放弃了化妆，因为没有时间。成为一名演员后，我会在参加试镜时略施薄妆：玫瑰色的腮红、褐色的睫毛膏……拍摄电影、广告或是时尚照片时，总会有化妆师在我的脸上涂上一层又一层的粉底。我的皮肤需要呼吸，因此，生活中的我放弃了化妆。模特工作让我爱上了自己的脸庞：我经常收到来自客户的赞扬："玫色的脸颊、金色的头发，再加上这肤色，堪称完美！"一位知名化妆品品牌的负责人如此称赞道。

　　像灰姑娘一样的我既没有漂亮的礼服，也没有精致的水晶鞋，更没有耀眼的珠宝和手包。和大部分演员一样，这些东西都是为了迎合一些场合，品牌方借给我们的。一场电影预映式、一次红毯走秀，都需要深入细致的准备。我不是法力无边的仙女教母，手中魔棒轻轻一点，一切都准备就绪。不，我的魔法棒就是我的电脑，我得坐在电脑桌前，花上数个小时查询搜索,发送邮件,致电询问……我得自己找齐所有东西,这可不是件简单的事。如果你是明星,发行方会为你配一位设计协助,他会帮你联系任何一家你想象得到的高级服装定制工作室,为你拿到心仪的礼服。真正的明星是不需要花钱的,自会有人为你的一切埋单,然后将所有东西放在一个镶着钻石的托盘里,双手奉上。你若是没有那么大的名气,大品牌是不愿将衣服借给你的,因为一旦你穿着某套服装出现在公众面前,这套服装就再也不会被其他更具媒体吸引力的明星选择了。总之,这是一盘大棋,而我只是一枚微不足道的小小棋子。不过,我有时也会受到公主般的待遇:一些高级定制工作室会将他们的礼服从纽约加急送来。比如卡尔·拉格斐(Karl Lagerfeld)[①]品牌就曾将其在精品展室(Showroom)里为我精心挑选的礼服和珠宝通过私营国际快递公司送到巴黎,在我动身前往机场的前一秒送到我的手中。

沅砀雾凇结网蛛,
縠觫颤抖银珍珠。
月亮国王终露面,
高居银河繁星间。

[①] 卡尔·拉格斐(Karl Lagerfeld),德国著名服装设计师,人称"时装界的凯撒大帝",个人同名品牌卡尔·拉格斐。

当今社会对女演员很是残酷，或者说，对整个女性群体都很残酷。随着年龄增长，男人越发成熟，皱纹令他更具魅力，灰白头发更增添了几丝男人的味道。无论是广告宣传还是社会舆论都在灌输一种思想：20 岁的女人风华正茂，过了 20 岁就开始渐渐衰老，每过一年都会在脸上、身体上留下一道深深的印记。时尚界的大门只向 15～20 岁的女孩儿敞开。23 岁？已经太老了！女演员的情形也大抵如此，这种现象在美国和中国尤甚。我很欣慰地说，人们能在法国荧屏上找到各个年龄段的女演员，皱纹或许已经爬上了她们的脸庞，但她们依然春光满面、坚强独立、潇洒自如。我呢，我希望日后陪伴女儿长大时能告诉她："皱纹，是美丽的，它是人生丰富历程的见证。"

在美国，30 岁以上的女演员很难再找到角色，至少，很难成为明星。因此，许多人开始绞尽脑汁，希望青春容颜永驻。有的人就不幸成了僵硬的蜡脸娃娃或是脸颊鼓鼓的仓鼠……年龄是一个极度敏感的词语，雇主甚至不得主动询问，否则会有被控歧视之险。在中国，年龄更是一把锋利的尖刀，插在女演员心间，一年比一年深。如果说美国女演员过了 40 岁会被称为"上了年纪"，那么在中国，一过 25 岁或 30 岁，女演员们就会被贴上"大龄"的标签。

作为演员和模特，我害怕被问及年龄。21 岁时，我曾天真地向一位模特经纪人道出了实情，结果听到了毫无掩饰的惊叫："你太老了！"我才 21 岁，人们就说我太老了？这让我怎么接受得了？我虽然已经21岁，可看起来与16岁、17岁的女孩儿并无二致。因此，在几个月后的一次试镜中，他们想找一个17岁的女孩儿，我就说自己17岁，最终被选中。真是完美。我确信，如果我当时说自己21岁，一定会落选。自此以后，每当别人再询问我的年龄，我就回答："角色的年龄即我的年龄。"

2011年，我曾与《十二生肖》中一位男演员的经纪人会面，一位50来岁，性格强硬、火爆的女人。我向她坦露自己希望未来继续出演中国电影的愿望，她询问我的年龄。我轻启双唇，谨慎地说出了答案，好像这是一个经风便会折断的脆弱的秘密。她尖叫起来：

"你的年龄太大了！在中国，你什么都干不了！"

"可现在我就在拍摄一部中国的超级大片，我还是主要演员之一……"我争辩道。

"噢，这只是运气罢了，不会长久的。你的年纪实在是太大了！"

我愤怒地离开，决定用事实证明她的观点是错误的。人们不再像以前那样攻击我的相貌，但一些尖锐的声音找到了新的突破口——我的年龄。

多次类似事件警告我：留给我的春天不多了。同时，心中另一个声音越发强烈：如果我想改变现状，我就必须做一名制片人，制作有各个年龄段的女演员参演的电影，向世人证明30岁、40岁甚至70岁的女人都可以是美丽动人、充满魅力、富有情调的。我要和30多岁的"仙女们"一同工作,重新树立她们在这个痴迷于返老还童的神话的畸形社会中的形象。

相貌对于模特行业来说是至关重要的。演员职业对相貌的倚重相对略低,但这依然很重要,尤其是出于宣传目的出席一些特殊场合,如拍摄杂志封面、品牌广告,参加宣传活动,出席预映式及红毯等。我最欣赏的女演员梅丽尔·斯特里普(Meryl Streep)[①]曾经说过,今日的女演员们将太多的注意力都放在了自己的外表上,放在了预映式要穿哪款礼服上,而忽视了自身的表演艺术水平。她说得很有道理。尽管如此,演艺圈如同一枚硬币,一面是演艺,一面是经济——一场相貌经济。那些光芒持久的女演员大多懂得如何经营自己形象。作为明星,既要令人心生向往,又要让普通人觉得明星就在身边,能带领他们升华,与无穷宇宙擦肩而过。

宇宙,又被称为以太,是亚里士多德于公元前5世纪提出的第五元素。亚里士多德认为,浩瀚星空不止由大地上的四种元素组成,以太是构成地球与天体的神圣物质。爱因斯坦也曾指出,天体之间并非"虚无",空间其实是充满了具有某种物化特性的介质的。

2012年,戛纳电影节在凉爽的5月拉开了序幕,电影

[①] 梅丽尔·斯特里普(Meryl Streep),美国女演员。她曾四度入围奥斯卡奖最佳女配角奖,凭借《克莱默夫妇》中的表演夺得第52届奥斯卡最佳女配角奖;16次入围奥斯卡奖最佳女主角奖,凭借《苏菲的选择》《铁娘子》分别夺得第55届、第84届奥斯卡最佳女主角奖。

《十二生肖》于此打响了影片宣传的第一枪,这将是我们第一次谈论这部电影。影片的系列宣传活动将持续到12月12日。成龙邀请影片主演与他一同乘坐私人飞机来到戛纳。此类宣传活动对我来说是个新鲜事物。我发现这种美式宣传手段在法国备受冷落,而成龙深谙此道。通过观察成龙以及其他影星、艺术家,如杰夫·昆斯(Jeff Koons)[①],我曾在他于比弗利山庄举办的展览上与他有过一面之缘,我明白了市场与个人的艺术造诣同样重要。"形象"是这其中的关键。那些成功的艺术家,不论其艺术水平如何,但都有一个共同的特点:懂得如何推销自己。

成龙善于造势。第一天晚上,我们受邀参加一场中国晚宴。晚宴就在酒店对面的海滩上举行。成龙先将我们都叫到他的套房里,众人品着香槟,耐心地等待着。晚会开始一阵后,成龙起身:出发!一行人走出酒店,五六个白衣贴身保镖守护在侧,防止"粉丝"或好事者靠近。成龙走在最前面,然后是女主演、男主演。快,快!我们得表现出一副时间紧迫的样子,可穿着高跟鞋走路很不容易。很快,人们围了起来,探头问着:谁会被如此严密地保护着、簇拥着呢?"是成龙!"成龙的名字像长了翅膀一样传遍大街小巷,不到两分钟,巨大的人群方阵将一条马路堵得严严实实。但此时的我们已经避开了狗仔队和狂热的人群,到达了马路对面,准备入场

[①] 杰夫·昆斯(Jeff Koons),美国当代著名的波普艺术家。

了。快速拍完媒体宣传照后，成龙扎进沙滩的另一边，一座浮桥正随着地中海清凉的海浪调皮地跳着华尔兹。他经过时，我听到人们在说："成龙刚刚来了""成龙在这儿""成龙在那儿"……显然，成龙已经成为今天晚会的焦点。明暗交替的灯光下，人群像是被光亮吸引的小昆虫一样相互拥挤着，希望能在成龙到达 VIP 区域之前和他说上一两句话，但贴身保镖拦住了他们。看着兴奋的人群，看着我们突然成为整场焦点，我觉得十分有趣。

第二天晚上，我们和成龙在他朋友的一条船上用了晚餐。回酒店时，成龙让助理走在前面。他将胳膊搭在助理肩上，紧低着头，躲在助理背后。一路上竟没有一个人认出他来！社交网络是名人的另外一个宣传工具。成龙和节奏蓝调歌手亚瑟小子 (Usher)[①] 见面时，二人就参与创作的慈善作品进行交流，分享见解。亚瑟小子在与成龙合影后将照片放在了自己的社交平台上，于是，一个明星的"粉丝"就可能会成为另一个明星的"粉丝"，知名度必将倍增。

成龙带我们走上红毯。也许有人觉得不就是走走红毯吗？这是孩子们的把戏。但其实，这有着较强的职业要求。在戛纳影节宫的台阶下，男主演和我站在成龙身边，周围还有许多明星显要，他们也早已做好准备，等待走上红毯。绛红色的戛纳红毯是世界上最负盛名的红毯之一。踏上红毯，

[①] 亚瑟小子（Usher），美国节奏蓝调（R&B）歌手、演员，多次获得格莱美最佳 R&B 男歌手等奖项。

仿佛迈向神秘的伊甸园，感受无比的幸福。这天堂乐园的红毯的尽头便是扶梯，两侧有百余名摄像师守候着。在如天鹅绒般柔软红毯的另一边，影节宫外灰黑色的沥青马路上人潮涌动，金属围栏将他们拦在会场之外。红毯上挤满了明星，我们不得不耐心等待。主办方的工作人员在我们前面跑来跑去，保证前方场地已经腾空，准备好"照片浴"。我们即将要在强烈光线的照射下，被高倍显微镜观察良久，每一个细节都要做到完美，任何失误都不允许，我们的工作没有重新再来的可能。

成龙一只手牵住我，一只手牵住姚星彤，权相佑挽住我的另一只手，廖凡则挽住姚星彤的另一只手。位于中心位置的成龙带着我们向前走去，仿佛这里不是戛纳，而是他的家、他的客厅。突然工作人员出现在我们面前，好像飞机的驾驶员即将放飞跳伞运动员："快快快，到你们了！"

好了，终于到了我们要面对红毯的这神圣热烈场面了。成龙向前走去，并让我们转头面向摄影师，第一排，右侧。摄像师像从弹簧盒子里蹦出来的小淘气鬼一样，突然沸腾起来，大声喊道："成龙，成龙，成龙！看上边，看下边，看第一排，成龙看这里！"成龙试着盖过现场的嘈杂：

"来，所有人看向右侧！"

我们身处魅力的战场——红毯。成龙指挥着我们，好像我们又回到了拍摄《十二生肖》里挂在藤条上的火箭弹慢悠悠地摆来摆去的那场戏一样，所有人一会儿向右看，一会儿向左看，一切都取决于这颗火箭弹的方向。我们五人努力统一目光的方向，向左，向前，向右。成龙向大家打着招呼，对面的这些陌生人看上去对我们有着狂热的爱。我也微笑着，此情此景引人发笑，我怎么会不笑呢？我也抬起手向他们打招呼示意，这一动作似乎让他们更加亢奋，真是太神奇了。

"来，我们转身！"

我们转身180度，开始向另一侧的摄影师展示同样的一套动作。现在轮到他们从弹簧盒子里跳出来了，"对对，成龙，看这里，成龙，成龙！"声声呐喊仿佛战场上的勇士为胜利而欢呼，展现出人们对红毯明星无条件的爱与倾慕。全场的闪光灯争相追逐，不停歇的"咔咔"声如同阵阵闪电。

红毯如战场，激烈而残酷。我们像螃蟹一样继续前行，每走几步就要停下来拍照。身后还有"蜘蛛人"催促着我们继续前进，因为他们要保证红毯的畅通，为之后的明星登场做好准备。可是，当摄影师抓住了像成龙一样的国际巨星，就像红了眼的狼一样，他们内心清楚这张照片将卖个好价钱，又怎舍得轻易放弃呢？于是，当成龙将目光收回，转身走向红毯末端时，他们的心都碎了，拼命叫着："不，不！成龙，成龙！"仿佛这场战役又以他们的失败而告终，而马上身旁的同行又掀起一轮新的欢呼。面对如此狂热、如此热情的场景，必须报以微笑。戛纳电影节的主席接见我们，并与我们一同走上影节宫的台阶。我震撼，我沉醉，仿佛刚刚欢饮了一杯来自天堂的醉人香槟，颗颗气泡不断升腾，直上头际，让我有些飘然欲仙，仿佛宇宙之门向我敞开，魅力无限的太空令我微微战栗。我人生中的第一次红毯秀，这是一次怎样的经历！一扇门被打开，直指天宫。

红毯首秀几天之后，我受邀参加一部竞赛单元电影的放映式。我的第二次红毯秀即将开始，这一次我将与一位年轻的俄罗斯造型师一同走秀——她为我寻到了一款美丽的粉色公主裙，借到了所有东西：精致的裙子、漂亮的鞋子、沉甸甸的珠宝，它的价值与它的重量同等惊人。有专人为我化妆，设计发型，甚至为我配备了一辆"南瓜马车"——一辆专车和一位司机，这正是灰姑娘变身公主准备参加舞会。车子在影节宫台门口缓缓停下，一位门童走上前为我开门。透过深色车窗我看到亢奋人群脸上飞扬的神采。他们焦急地等待着，迫不及待地想知道这车里藏着什么惊喜。我想，他们会失望的。他们一定是在等待出演该影片的妮可·基德曼。我走下车，踩着如针般纤细的鞋跟，挺直了腰身。我有些局促不安，我不该在这里，我为我这个陌生人的出现而感到抱歉。然而接下来的场面令我惊讶！人们并没有表现出丝毫的失望，他们呐喊着，呼唤着，这些善良的陌生人向我展露出欢喜的笑容，挥动着胳膊向我致意。我强烈地感受到他们对我的喜爱。我是一个十足的红毯新人，他们不知道我是谁，但依然爱着我。不去想那么多了，眼前的景象令我动容。我希望能以同样的热情、同样的爱回报他们，让他们欢喜。我敞开心扉，充满热忱与激情,我抬起手向他们挥舞着,希望感谢他们向我展示出的友善,并表达我对他们的爱。

这一刻,我忽然明白了玛丽莲·梦露的那句经典话语的含义。曾有人指摘她在首映会上过分浓妆艳抹,梦露却回答说,她不是为那些邀请单上的名人显要们梳妆,而是为了他们,那些守在远处、守在栏杆前的观众、影迷们。我深信,玛丽莲·梦露一定深深地爱着他们。

遍地鲜花,
指染芳华。
你的音容,
镌骨铭心。
唯愿:
更好地爱你。

观众是可爱的,他们拥有无限的宽容与慷慨。我无法理解这些热情的人群来到戛纳的动力源自何处,在烈日的炙烤下等待数小时,只为看到人们在红毯上行走的区区几秒。但红毯拥有一种神奇的魔力,甚至是超自然的魔力。可能在某种程度上,红毯是一个能让明星与普罗大众产生交集的地方。为什么人们称那些著名演员和艺术家为"明星"呢?大概是因为他们在某种意义上就像那夜空中的繁星笼罩着一抹神秘的面纱。遥不可及的星空令人心生梦想,它指引着人们,启迪着人们。

它照亮一片风景，
令绿叶俯首拥簇。
万物皆溯源于日，
惊诧间折服众生。

人们会用"美式大秀"来定义那些眼花缭乱的大型表演。美国人看东西总是看大小，对他们来说，"大"是"成功"的代名词：宽大的轿车、超大的浴室、硕大的酒杯……现在，当我回到法国时，总觉得这里的东西看上去很小，例如那狭窄的街道，还有两口就能喝干净的微型水杯……

在洛杉矶，一场电影首映式是从一条街开始的：好莱坞大道的一条汽车道被关闭，长长的红毯铺在神秘的星光大道上——那里的每一颗星星都标记着一位明星的名字。演员沿着红毯走至传奇的好莱坞中国戏院（TCL Chinese Theatre），在那里人们可以瞻仰那些巨星的手印、脚印，从玛丽莲·梦露到克林·伊斯威特（Clint Eastwood）[①]。银色栏杆与一身黑衣的贴身保镖将红毯与好莱坞大道的其他地方分别开来。对面的人行马路的金属栏杆阻挡了如潮的"凡人"，他们从四面八方赶来，希望能与他们的偶像同呼吸，好像是为了吮吸空气中神秘的第

---

① 克林·伊斯威特（Clint Eastwood），著名美国演员、电影导演与电影制片。

五元素"以太",即便只有短短的一瞬,他们也会视为天堂的美酒并甘之如饴。这是红毯的第一部分,明星们走得很快,偶尔他们会向马路另一侧涌动的人群挥一挥手。接收到信号的人群便会向孩子一样兴奋地喊叫、鼓掌,向马路对面示意,盼望着能吸引那些偶像的注意。接下来是正式的红毯秀,一袭红毯盖住了中国戏院前院,以及留有众多不朽传奇影星们的手印、脚印的水泥地面。这里也有金属栏杆围挡在火红的地毯边,它们的任务是拦住媒体。明星宠儿们在这条红毯上漫步,不时停下脚步,摆拍,并接受媒体的简单采访,最后消失在放映室门口,仿佛被一个黑洞吸了进去。漆黑的放映室内,电影即将开始。这便是一场美式大秀。

中式大秀是受美式大秀启发而产生,但其规模却要乘以10倍,人们坚定地要将场面办得像古罗马竞技场里的盛大表演般壮观宏大。

2012年12月12日是玛雅人口中的世界末日,一本中国杂志甚至还就这个话题采访了我。这一天还是《十二生肖》在北京举办全球首映礼的日子。对我来说,一个新世界的大门就此向我敞开——亚洲。很快,影片就获得了巨大成功,成为当时中国院线的第二大卖座电影。

我们并没有到电影院参加电影的首映礼。他们向我解释道,举办一场首映礼,中国的影院还是太小了,这里没有像好莱坞中国剧院那样神秘宏大的地方。于是,我被带到了专门为2008年北京奥运会建造的国家体育馆。12月的北京气温低达零下20℃，我对即将开始的红毯秀心生畏惧：穿着轻薄朦胧的紫色长裙，我会被冻僵的！可又不能把自己裹得严严实实，不，这只能是幻想，我必须穿得飘逸空灵，让观众心驰神往。为了成为一名明星，我得首先打扮得像一名明星。在法国看到穿得暖暖和和的明星是家常便饭。可在法国并不重要的事情，到了美国则变得重要了，到了中国则变得至关重要。明星们从不觉得冷，即使气温只有零下20℃，普通人都穿着暖和的羽绒服，他们则要穿着飘逸性感的礼服。

从北京拥堵的路面上挣扎出来，我的车终于抵达了奥林匹克体育馆。经纪人、化妆师、发型师和我一同下了车。我们一行被带到VIP室，见到了其他几位演员与电影制片人，成龙也到了。首映式晚会将由中央电视台进行转播，将有上千万名观众收看到这一节目。有人告诉我，我将和姚星彤一同上台；随后，又有人过来告知我一会儿我将被问及的问题。一切都是仓促间做出的决定。我是多么希望能在前一天晚上就拿到这些提问，至少给我一些时间准备。彭娇安慰我：

"你看，所有人都是如此，其他演员也是在最后一刻才拿到他们的采访问题的！"

"的确，可他们是中国人！而我呢，一个只用两个月速成中文的外国人。要是让我用英语或法语回答，我根本不需要时间准备。"

电视台的女主持人要求我们集中注意力，随后向我们介绍了今天庆典的几大环节。她说话很快，看上去有些紧张。所有人都同意，而我只能抓住她的只言片语。

我的思绪开始游离，飞到了梦想与回忆的银河系，眼前浮现出影片拍摄初期在法国时的场景：我拿到了成龙电影里的主要角色！那时的我欣喜若狂。进剧组第一天，成龙告诉我他刚刚有了一个新想法，要我在影片最后流利地讲一段中文。他向我详细解释了这场戏的安排，我听了不禁激情澎湃。不能浪费时间，我决定进组就开始学习中文，我希望能与其他演员用中文交流。第二天我就拿来了一本汉语教材，跟在剧组人员身旁从最简单的句子学起。成龙无意间看到了这一幕，惊讶不已。两场戏之间休息时，成龙开始用中文唱歌，并建议我学着唱："如果你想学习中文，那就唱中文歌吧！"我因此学会了两首传统经典的歌曲。首映典礼上，我非常想借此机会在台上歌唱，但可惜节目安排里并没有这项。我问成龙："你相信我能上台唱歌吗？有人跟我说这首歌很风趣，大家听了都会笑的。"

"你能让我听听吗？"

我起了个调："小和尚下山去化斋，老和尚有交代：山下的女人是老虎，遇见了千万要躲开……"

成龙不知道这首歌，大概是因为这是大陆的经典曲目，而他则是香港人吧。但他说：

"没问题，你唱吧！"

既然现在我已获得了"王"的肯定，我一定能唱好！但我越是想唱歌，心中越是恐惧……

终于，我们被带到一片铺着红色长毯的开阔区域，这里很冷，上百名摄像师与摄影师就站在我们对面。与戛纳电影节上叫嚷着吸引明星的注意力以从各个角度进行拍摄的摄影师不同，中国摄影师非常安静。我没有看到法国或美国红毯秀上那熟悉如潮的观众，眼前的红毯与我之前的认知完全不同，每个环节都十分安静，仿佛置身于教堂或寺庙之中。难道说他们已经被冻得麻木了？参加此次庆典，某品牌商借给我一副珠宝首饰。于是，我时刻注意着手的姿势与位置，让大家能够欣赏到这枚戒指——一块纯洁无瑕的白色钻石。这是不是一位坚守职业精神的"老手模"呢？与成龙走红毯的时间短暂得如同一颗流星划过天际，我甚至都来不及品味。但愿这些摄影师捕捉到了一些漂亮的镜头。

气喘吁吁的我意犹未尽，却发现已神奇地置身于巨大的国家体育馆鸟巢之中。现场不时吹过一阵冷风，我坐在一张折叠椅上，椅子小小的，不是很舒服。我无法靠在椅背上安坐，因为这裙子不是为了坐的，而是为了我在红毯上表现得如天使般飘逸。这是一件来自克里斯托夫·乔斯（Christophe Josse）的高级定制，后背处设计两只缀着紫色珍珠的萤火虫翅膀，这需要多名工匠的巧手，花费上百个小时才能串制完成。为了时时捕捉嘉宾们的各种反应与表情，两位摄像师像蜘蛛一样趴在第一排嘉宾座前，全程拍摄。时时会有人走近我，我就暴露在摄像机散发的镁光灯下，闪耀着，如同一个想趁着夜黑风高出逃的犯人，突然被如火般炽热的聚光灯锁定。我穿上外套驱赶些许寒冷,当"蜘蛛人"靠近时,我就脱下外套,向镜头展示自己轻盈曼妙的裙子,露出最甜美的微笑。

我们看着台上目不暇接的表演,惊叹不已,但心中又有一丝隐忧。这庆典如同一场音乐会,各路演员、歌星纷纷上台,为狂热的观众们献唱。每个节目之间,《十二生肖》的演员会被两两请上舞台,展示他们的个人秀。跆拳道冠军张蓝心穿着一袭黑色紧身衣冲上了台。她要蒙着双眼,踢中另一位演员高举的球。只见她先摸索着确定球的位置,后退两步,然后飞出一记漂亮的踢腿,干净利落。该轮到我和姚星彤上场了,我们有些战栗不安。我们俩可不会蒙着眼睛表演跆拳道,我们必须证明在拍摄电影期间,我们用极短时间学会了一门外语:姚星彤将秀法语,而我则要讲中文。我和姚星彤分别从舞台两侧出现,走至中心会合,亮相,摆造型,然后继续向前——一男一女两位主持人正在那里等着我们。他们语速极快,想必也是因为和我们一样紧张吧。我全神贯注地听着,尽可能多地记住主持人的词语,猜测意思。当他们开始提问时,事情变得更加微妙起来了。听别人讲话时保持微笑,不时地点点头,很容易就能让别人相信我是懂这门语言的;但提问题可就不同了,没有后路可退,只能硬着头皮回答。根据以往经验,万一有一个问题我没听懂,那一定是因为有生词卡住了,让对方再重复两遍也是徒劳,更何况主持人刚刚极力恭维了我的中文,这在观众眼中会很糗的!从容、自信的笑容掩盖了内心的惶恐不安。主持人开始提问,我的大脑飞速运转着，识别这句话中熟悉的字眼以便猜测题意。能说一门语言是一回事，能走上舞台，面对着镜头，面对着电视机，面对着千百万名正在收看直播的观众讲话，则是另外一回事。全场屏住呼吸，坐在第一排的成龙身体前倾，眼睛紧盯我的双唇，似乎在祈祷我能讲出一句漂亮的中文。我想此时此刻，成龙能理解我，也一定同情我，因为在美国时，他也需要在观众面前讲非母语的语言。

我脸上从始至终都保持着微笑，深吸一口气，准备好了。我的声音温柔又稳重。嗯，全场同意，我确实能流利地讲汉语，我的语音语调很好。全场鼓掌。主持人也露出了笑容，向我表示祝贺。这一切的一切竟神奇般地顺利完成了。其实我并没有完全理解主持人的问题，但看上去我的回答令大家满意，我长舒一口气，又鼓起勇气："我爱中国！"然后回到了座位上。第一排的所有中国嘉宾都满意地点着头，一位影视公司老板称赞我在台上的发言非常精彩。我似乎成了一名大哲学家，能用中文发表长篇大论。终于，一切都结束了！我如释重负。

影片结束。灯光重新亮起，在这个高不见顶的大厅里仿佛一个个小太阳。我们走上舞台，鼓掌。一切都过得很快，像龙卷风一样。我被推着向前走，如同一个飘来飘去的失重的宇航员被牵引着，快点，快……很快我们就回到了VIP休息室。但这是一个视角的问题。明星总要表现出匆忙的样子，让观众觉得明星是遥不可及的。当坐在第一排的嘉宾被引向幕后走去时，现场安保人员拦住了大厅里的其他人，以防骚动。但在法国，当首映式电影放映结束后，我们总是懒洋洋地从座位上起身，观众可以走近与我们交谈……漫长的灰色楼道里，我飞翔着，仿佛已经离开地球，飞往另一个星系。在保安的保护下，我以闪电的速度冲过安检门，发型师和化妆师跟在我身后奔跑，他们拽着我的长裙，以防被踩，经纪人则拉着我的胳膊。大人物从来不必安检，安检人员纷纷向后退去。大人物，我也是吗？总觉有些不真实。长长的走廊永无尽头，似乎终将走向天堂。我站在走廊里，一个化妆间的门大敞着，我认出了歌手王力宏，正是他创作了《十二生肖》的主题曲。王力宏用法语向我打招呼：

"Bonjour!（你好！）"

"你好！你会说法语？"

我说得太快了，他没有听懂，用英语说道：

"我的法语都忘光了……你在电影中的表现超级棒，太搞笑了！"

我高兴极了。这是我在这部影片中获得的第一个评价！而且还是来自一位聪颖机智、彬彬有礼的艺术家的评价！

"你的歌曲也非常棒！"我回答道。

"谢谢。"

没有时间再多聊，我就要被太空引力吸走了……

2012年12月底，《十二生肖》在中国香港首映。我选择了一件由卡尔·拉格斐为自己的品牌设计的缀满黑色珍珠的奢华裙子，流畅的剪裁将我的身形衬托得风雅大方，裙子下摆刚好垂在膝盖之上，优雅又不失性感。在接受采访时，一位记者问道：

"露娜，你会不会为自己的裙子没有其他女演员那样性感而感到自卑？"

什么？我很受伤。我穿的这件可是出自卡尔·拉格斐之手！你可知为了找到这件衣服我花了多大的努力？再说，这不是那种过分花哨的吸人眼球，而是优雅的性感！采访之后，我的化妆师华莱士（Wallace）向我解释，腼腆传统的中国人，平时多会选择中规中矩的款式，但在这样的场合，敢于尝试夸张的款式是一次壮举。

华莱士接着说："我把照片传给我妹妹看，她的反应是：'噢，露娜为什么这么腼腆呢？'"

我抗议："根本不是这样的！"

2013年6月，我应邀担任上海国际电影节的评委。我和另外两位评委，美国制片人加里·库尔茨（Gary Kurtz）和印度影评人阿鲁娜·瓦苏德瓦（Aruna Vasudev）一同受邀出席电影节开幕式。上海电影节的红毯又长又宽，仿佛澎湃的长江在长达几百米的护栏间流淌——护栏两侧挤满了人，再远处是所有的媒体记者、摄像师与摄影师。我是中国观众较为熟悉的，因为《十二生肖》6个月前就在中国公映了。走在红毯上，我们仿佛骄傲尊贵的天鹅沿着河流前行。"岸边"的观众纷纷高举智能手机给我们拍照，他们的脸庞被密密麻麻的手机遮挡住，人们尖叫着，有的用力地向我挥着手，我也示意回应他们；有的则喊着我的名字，希望能和我握手。我走向"河边"，无数只手伸向我，希望能握到我的手，大家的脸上洋溢着灿烂的笑容。有那么几秒钟，我觉得自己定是吃了什么灵丹妙药才能拥有这惊人的魔力：和我握手竟能产生欢乐与幸福！让观众们高兴，这是我莫大的欢喜，竟这么容易做到。而与此同时，我不由得对眼前的景象心生疑惑。

2013年10月，华鼎奖的颁奖典礼在中国澳门举行。在颁奖典礼前的红毯环节，有中国观众伸过手中的纸和笔，希望得到我的亲笔签名。我有些摸不着头脑，但还是照做了——只要能让他们欢喜。但其实我在内心深处总觉得自己配不上观众们的这份狂热与激情，觉得我是在欺骗他们……我只能尽最大可能地回报他们。我提醒自己，我不是明星，我什么也不是。但在那一刻，当我走在红毯上，听到观众激动地喊着我的名字，呼唤着"白露娜"，向我露出笑容，我觉得此刻我就是明星：真是仙境般的奇妙感受。

当我准备在妹妹和助理的陪同下向典礼大厅走去时，一个声音叫住了我。一辆车的深色车窗缓缓摇下，是成龙。他将我介绍给身旁坐在昏暗光线中的一位嘉宾：

"这位是露娜，我的电影《十二生肖》中的演员。这位是妮可。"

我的目光向车内探去，一头金色秀发和一张洋溢着热情笑容的脸庞出现在眼前——妮可·基德曼。

华鼎奖的协办者是一位曾多年负责筹办奥斯卡盛典的美国人，因而此次庆典像极了他的好莱坞的"老大哥"奥斯卡。现在是颁发"全球最佳新锐女演员"奖环节，大屏幕上开始播放各位提名女演员的电影片段。我的座位右边是《十二生肖》的香港制片人，坐在众人之间，我感觉十分安全、放心。我的名字被响亮地读出，我获得了这个奖。我很高兴，但我又畏惧上台领奖的过程。我将要被拍照、录像，我的样子将被投放到大屏幕上。身旁的制片人向我表示祝贺，我转向他表示感谢，然后起身走下观众席台阶，登上舞台。此时的我已经怀孕7个月了，设计师洛雷娜·萨尔布（Lorena Sarbu）团队特意为我打造了一身亮片闪闪的银色长裙，脚上则是Jimmy Choo[①]又高又细的高跟鞋。小心要站稳，别跟跄……我脸上不动声色，手却暗暗抓紧台阶中间的栏杆。我感受到全场所有人的目光都定在我的身上，我努力走快一点。

走上舞台，主持人向我颁发一座金黄色的小雕像以及一条绶带。这一系列动作接二连三地发生，让我有些焦虑，脑中只有一件事：注意自己的姿态，要始终保持正对观众，避免侧对或斜对观众，才能掩饰隆起的腹部。有人曾告诉我：女演员一旦怀孕，便将失去她的魅力，也将吹响她演艺生涯的终结号。这句话深深印在我的脑海里。女主持人站在两三米外，微笑着请我走到麦克风前。这一刻于我仿佛跨越数个光

---

① Jimmy Choo（周仰杰）是世界著名华裔鞋类设计师、英国戴安娜王妃生前的御用鞋子设计师，Jimmy Choo 以他英文名命名的世界著名鞋子品牌。

年般漫长。庆典大厅里所有人的目光都会聚在我的身上,寂静如星际间深邃。麦克风也像是在拒绝我,仿佛是我的身体瞬间有了磁性,被麦克风向外排斥。一个小生命在我的身体里蠕动着。怀孕使我难以掌握平衡,使我有些脆弱,而此时我却要独自走上前。我犹豫了几秒。噢不,我讨厌这样的时刻!可摘得一个演员奖项是我一直以来的梦想。此时,我只希望谁能来翻过这残酷的一页,免去我登台致辞的苦役。

我提前准备了一小段致谢的话,并熟记于心。为了表现出我的惊喜与意外,我将用一句英文开始,然后再转为中文。我开始讲话,内心镇定了一些。当我开始用汉语讲话时,我听到了来自观众席既惊又喜、不约而同地惊呼"哇"!这"哇"声宛若一股热浪融化了我全身僵冷的血液,令我焕然一新。我重拾自信,继续自己的中文演说,向坐在观众席的成龙表示感谢。讲话完毕,但我仍沉浸其中不能自拔,而此刻台下掌声雷动。我是唯一一个用中文发言的西方演员!观众很是赞赏。无论是分获"最佳男、女演员"殊荣的尼古拉斯·凯奇(Nicolas Cage)和妮可·基德曼,还是获得"全球最佳导演"称号的昆汀·塔伦蒂诺(Quentin Tarantino),获得"全球终身成就奖"的杰瑞米·艾恩斯(Jeremy Irons)以及获得"全球最佳动作演员"的萨姆·沃辛顿(Sam Worthington),他们都只是用英文致辞。

而后,有专人引导我向后台走去,大批媒体记者都在那里等着我。此时的我只有一个想法——换下鞋子,肚子里沉甸甸的宝宝加上极高的鞋跟……一通拍照后,记者们一拥而上将我围在中间，三十几个麦克风伸向了我。我有些忧虑，思忖着拒绝回答有关我怀孕的个人问题。我一直很重视保护个人的私生活，但愿他们什么都没注意到，只提些有关演员工作的问题。前面几个问题都是关于华鼎奖的，我悬着的心放下了一半。最后，一位记者很有礼貌地问了一句：

"露娜，我观察到您的腹部隆起，请问您是怀孕了吗？"

"是的，已经7个月了。"

语出惊四座。我全身除了腹部，其他部位依然非常纤瘦，所以人们从背后看到我是不会发现任何异样。现场响起一阵窸窸窣窣，一些记者问及我拍摄电影时是不是已经怀孕。不是的，现在距电影开拍已经过去近两年了！刚才参透"天机"的那位记者向我提出了最后一个问题：

"怀着孕穿这么高的高跟鞋，不会有不适吗？"

"一点也不。"我面带微笑。

她才不知道我的后背与双脚是多么疼，我又是多么害怕自己摔倒！提问环节结束，还好，他们都很客气，也很尊敬别人。

妹妹和助理过来找我，陪我回到典礼大厅落座。

"你非常棒！当你开口讲中文时，所有人都惊住了！好样的！"

好了，都结束了，我现在是"全球最佳新锐女演员"了，紧张不再，压力不再，我可以细细品味这份幸福与喜悦了。

颁奖庆典结束后是盛大的晚宴。我坐在获奖明星桌，昆汀·塔伦蒂诺就坐在我的旁边，我们二人像是在度假一样聊得不亦乐乎。妮可·基德曼坐在稍远处，不停地有中国人过去请求与她合影。我想和她说几句话。她辉煌的演艺历程和挑选剧本的独到眼光令我钦佩，简约的生活方式、快乐的生活态度更深深地吸引着我。妮可·基德曼非常善良、活泼、幽默，与她表面上高冰的感觉完全不同。我们敞开心扉地述说着，仿佛是两个闺密一样。我向她坦承刚才上台时内心的恐惧，生怕怀孕的我一不留神摔倒。

她吃了一惊："什么？你怀孕了？我根本没有看出来。"

她的手轻轻地摸了一下我的小腹：

"啊，是的！"

"7个月了。"

我刚刚进行的中文演说令她感到震惊。她希望她的孩子也能讲中文，便向我询问我是在哪里学的。

经常有人认为我和妮可·基德曼长得很像。我和妮可聊天时，妹妹一直在一旁观察着我们，过了一会儿她趴在我耳边说：

"从侧面看，你们的前额几乎一模一样。你和她都很高，身材一样纤瘦、优雅，但若从正面看，你们二人却一点也不像。"

妮可·基德曼，华鼎奖"全球最佳女演员"；我——白露娜，华鼎奖"全球最佳新锐女演员"，这是怎样一种幸福！妮可·基德曼的演艺生涯是那么辉煌，她的成就令人难以置信，但她却是一位脚踏实地、有人间烟火气的演员。我勉励自己以她为榜样，沿着妮可的脚步前行！

第七章

金

我的中国指南

> 知人者智，自知者明。

"一位拍戏的女演员"，在美国时，人们通常会这样介绍我。我不断加入剧组，参演各种角色，但我不是明星。在法国，一些如导演、选角导演这样的圈内人士知道我的名字，但在普罗大众的耳中，我的名字并不被熟知，他们至多记得我的面容。一看到我的姓氏 Weissbecker，那些非阿尔萨斯人会吓一跳，殊不知我的姓氏还有更多的写法如 Weissenbecker、Weiss-machin。不过从另一个角度来说，这样的名字也有一个好处：一旦人们记住了它，就再也忘不了了。曾经有选角导演告诉我，他们与导演谈论时会直接称呼我的名字 Laura 而不称姓,就会有导演马上问道:"是 Laura Weissbecker 吗?"

在中国,人们或是称我"劳拉",或叫我"白露娜"。随着电影《十二生肖》的迅速走红,我被授予"最具潜力女演员"殊荣,成千上万名中国影迷记住了我的名字。我对成龙怀无限感激之情,是他选中我在他的作品中担任角色。对于所有看过《十二生肖》被剧中的"我"逗笑的中国观众们,我也同样感恩。尽管,有时从一个法国人的角度,我也会抱怨在中国的生活奇遇,但从内心里我一直是开心的。我其实非常欣赏这个——有人说是"新兴"的国家——我则认为是"有影响力"的国家。在采访中我经常这样讲:在我眼中,中国即是未来。仅以电影票房来看,中国票房市场目前位列全球第二,且已逼近首位的美国。有人进行估算,中国每天新建10 个电影放映室。仅这一数字就能解释为什么中国票房市场不断刷新纪录屡创佳绩。

最近几年,我因工作在中国度过了很长时间,甚至比在法国待的时间还长。甚至是我从不缺席的圣诞假期家庭团聚也只能在中国度过。《十二生肖》的拍摄进度是根据中国农历安排的,人们在圣诞节期间工作,直至 1 月末放假,让剧组所有人都能回家团圆,共度春节。因此,2011 年的圣诞节我在中国度过,2012 年的圣诞节也是如此,因为彼时正是《十二生肖》如火如荼的宣传阶段。圣诞前夜,我和一位中国歌手共同录制了一首中法双语的单曲。

我完全浸入与西方文化迥异的中国文化之中。做中国人,这是当今的流行趋势。也许有些人不愿成为真正意义上的中国人，但几乎所有我遇到的人都希望能与中国沾上点关系。曾经，为了更好地融入接待国，华裔移民及后代经常对外否认自己的血统。而今，这样的人愈加沉寂。我遇见过许多法国、美国演员，他们的父母虽是中国人，但却从不对他们讲汉语，更很少向他们讲授自己的文化渊源，而这些年轻演员心中却非常渴望成为一名中国人。他们微笑着告诉我：在他们眼中，我比他们还中国化。他们向我征求意见。这太不可思议了，我笑着说：

"难道你要向我这个生活在美国的欧洲人询问在中国生活的'指南'吗？"

作为华裔，他们却无法从父母那里获得信息；而我，一个从西方穿越到东方的人，一个已经有些中国范的外国人，不但能为他们指点迷津，还能为他们解释文化间的种种差异。

我经常遇到欧洲人和美国人，他们中的大多数都希望去中国做生意。我告诉他们，如果想在中国工作，就必须研习中国的语言文化，结交中国朋友，甚至让自己也变得有些像中国人。

以下就是我长期观察的成果，也可以说是一份简要的中国"指南"。

一、中文名，好寓意

第一步，起一个中文名字。西方人的名字很难译成中文，即使勉强译过来，效果也不尽如人意。对我们来说，记住一个中文名字要耗费很大力气；而中国人面对外国名字，又何尝不是一个难题呢？最关键的，是如何才能将外文名字用中文写出来。

一个中文名字一般由2～3个汉字组成，第一个字是姓氏。中国有500多个常用姓氏，其中单字姓居多，即一个音节，如"王""李""刘""陈""杨"等。

姓氏之后是名，一般由1～2个汉字即1～2个音节组成。当一个人自报家门，或是被别人称呼时，需要使用完整的姓名，只有非常亲近的人才能直唤其名。如果他的名是一个单字，他的亲友就可能将他的名叠读，因为这样听起来更加饱满、顺耳。如果你以"娇"为名，那么你的朋友就会叫你"娇娇"。

成龙，意为"成为一条龙"。这个名字源于一句中国流传甚广的观念：望子成龙，望女成凤。

选择一个合适的中文名字非常复杂，需要我们非常熟悉汉字，尤其是那些生僻词汇。中文不止30000个汉字。一个能阅读报纸的普通中国人可以认识3000～5000个汉字。中文里，10个甚至20个不同意义的汉字可能拥有相同的读音。

部首是构成汉字的基础，具有表意功能。以我的姓名中的"露"字为例，其上半部分"雨"字旁便是这个字的部首。如果一个人不认识这个字，那么他可以通过"雨"字旁推断出这个字与水有关。汉字里共有 214 个部首。书写汉字时，了解其笔画数量以及顺序是非常重要的，有的只有一画，有的字多达 36 画。

2012 年 1 月在中国台湾拍摄期间，我开始选取我的中文名字。我向剧组的每一个成员求教，记下他们的想法与建议。每个人提出的名字都不一样，谁都不妥协。我希望这个名字既有优美的发音，也带有美好积极的寓意；既符合中国人的取名习惯，也贴和西方人的耳朵；既在发音上与我的法文名字相近，又没有太多笔画，便于书写。到 2012 年 4 月，我前往北京为电影进行后期配音时，我终于有了中文名字：白露娜。很长一段时间里，我在"白露娜"和"白露"之间犹豫不决。身边的中国朋友认为"白露"发音优雅、果决，就像是一枚硬币突然掉在走廊上声音——清脆悦耳。的确，但如果我的名是单字"露"，朋友们就会叫我"露露"——可在法国，我们给狗取名叫"露露"。我决定还是要起个人名：白露娜。

"白"即白色，在我向声效师解释了姓氏含义之后，他巧妙地提出了这个字："Weiss"在德语中表示"白色"，"Becker"则源于德语"Backer"，意为"面包房"。这个提议堪称完美，因为"白"也是中国常见姓氏之一。我的名字"露娜"听起来很是悦耳，而且与"劳拉"发音相近，这样一来，无论是中国人还是外国人都能很快地记住我的名字。不过，这两个字并不符合我的至简原则："露"这个字竟有 21 画！我想选一个发音相同但书写更加简单的汉字，但那些字的寓意都不尽如人意。例如"路"，虽然只有 13 画，可谁愿意把"马路"这个意象放在名字里呢？虽然"露"字结构复杂难写，但其寓意是"清晨的露珠"；"娜"是外国名转换成中文名的常用字，表示性别，而其他同音字中，有金属元素"钠"，还有"这里""那里"的"那"。

综上所述，我的中文名字寓意是"白色、清晨露珠、女子"，还有点诗意，不是吗？如果选择其他的同音字，那就可能变成"白色、马路、那里"。我很满意，虽说我要克服巨大困难才能记住它的写法，但我爱极了这个名字。

二、讲汉语，练声调

学做中国人的第二步，便是学说中国话。什么时候人们才认为我们会说中文了呢？当我们通过学校测试？不。当我们能与宽容的中国朋友交谈？不。当我们能用中文接受采访？不。正确答案是：当我们能与北京的出租车司机聊天时。这是因为，许多出租车司机说话都含着嘴，有时还会有难以预料的口音。

2012 年 10 月，《十二生肖》的新闻发布会在鸟巢举行，电影的一些精彩片段也首次在发布会上亮相。随后，我在北京停留几日，以便接受采访，拍摄杂志照片。在这期间，我经常用中文与我的司机交谈，他50多岁，牙齿因常年喝茶、抽烟而染上了黄渍。他坦承，这是他人生中第一次和外国人聊天。如大多数中国人一样，他不会说外语，也从未踏出国门，但他非常开心地和我聊天。

每每回想起这段在中国的初期探索，我都倍感骄傲。2011年11月11日，我刚刚乘飞机抵达北京，时间可自由支配。麦里找到一位愿将我们载至市中心的司机，我们便钻进了他粘满泥土、老旧过时的小车里。这一天过得十分愉快，我和麦里一起开心地用了午餐，然后转战商场购物。她还带我认识了北京的外国人聚集区——三里屯。傍晚时分，依旧是那位司机载我们回酒店。一上车，麦里就说："jiǔ diàn"，意思是要去酒店，之后我们就开始闲聊，看着窗外夜幕将临。

突然，在一个不知名的地方车停了下来。窗外夜色笼罩，司机转过头，微笑着说：

"我们到了。"

麦里和我面面相觑：我们根本不认识这个地方。我感受到麦里有些害怕。我虽然还不熟悉北京，但我很清楚，这个地方既不是工作室附近，也不是酒店周围——眼前的巨大停车场空旷无人，像是一处久被遗弃之地。我们两个坐在破旧的白色小汽车后座上，还好司机看上去很善良，没有恶意，他面带笑容，对自己完成了乘客的指令而心满意足。

在车前远处，一栋高楼的轮廓隐隐约约，楼顶有一块红色的牌子，上面是一个巨大的数字9和一个点。麦里看到这儿，一下子松了一口气。

"啊，我明白了！一切正常！"

她失声大笑起来，司机见状也笑了起来，问她什么事这么开心。麦里向我解释道：

"我想跟司机说'jiǔ diàn'，意思是回酒店；但数字'9'发音也是'jiǔ'，如果发音成'diǎn'就成了'点'。他听成了'jiǔ diǎn'，自然就会把我们带到这里了。"

我仔细打量着那个黑色夜空下熠熠发光的红色广告牌，虽然不明白那是什么意思，但在我眼中是那么让人感到欣慰。善解人意的麦里为自己不够标准的中文发音感到不好意思，她向司机解释：

"不，不是'jiǔ diǎn'！是'jiǔ diàn'！早上的那个酒店！"

"啊，原来如此！"

司机豁然开朗，露出一如既往的笑容，重新发动他的小车，在北京的静谧夜色中，我们再次出发。

一段时间后我才明白，原来汉语有四个声调，字词的声调不同，含义自然也不同。

在"酒店"的故事里，我感受到中文真是太复杂了。母亲是中国人的麦里说"去酒店"却被中国人理解成"去九点"。假如是我用中文表达，又会发生什么呢？

其实对于中国人来说,汉语口语有时也会造成误解,这令我欣慰。有例为证:《十二生肖》选角时,成龙曾询问我是否会游泳。我觉得这个问题很可笑,谁不会游泳呢,这再平常不过了。在法国,游泳课是教育阶段的必修课。我肯定地回答了他。

2012年1月,台湾的天气还很暖和。穿着短袖,太阳照得我们暖洋洋的。经历了北京的严寒,这里的温暖令人沉醉。这次的取景地是一个港口。剧组在陡峭的河岸一角找到一片水泥地,便在这里安营扎寨了。一条马达动力的老船从空无一人的岸边驶离。我到达遍地沙子的片场,看到演员、首席助理和重要部门的技术人员聚在成龙身边,围成一个大圈。一看到我,成龙就迎了上来,焦躁不安地问道:

"露娜,你会游泳吗?"

他直直地盯着我,眼里充满焦虑。我意识到一定有什么不寻常的事情。从我进入剧组,已经先后有三个人问过我这个问题了:一个是制片方的女孩,执行导演陈勋奇和首席助理勒蒙(Lemon)。

执行导演,成龙挚友。
神秘低调,乐与对讲机说话。
监视机前,他总是轻松工作,
安静少语,随叫随到,大家爱他。

(陈勋奇,执行导演)

香港男孩，认真负责成果丰富。
生日派对，诚恳邀请我的加入。
事无巨细，现场时时为我翻译。
无论何时，帮我跟上剧组节奏。
　　（勒蒙，导演的首席助理）

　　但，他们到底想要什么？游泳这种事又不会变来变去。我从成龙的眼里读出一种不安，一大圈人都盯着我看。蛙泳、自由泳、仰泳，这三种我都很擅长，只是不知道他们想问哪一种。但不管是哪一种，我都觉得我是会游的。

　　"当然，我会游泳。"

　　成龙又惊又喜，仔仔细细地打量了我一番，像是还不敢相信我的回答。

　　"啊，太好了！可算有一个诚实的了，不像有些人！"

　　他边说边指向饰演可可的姚星彤——站在圆圈中心的她正满脸惊慌。成龙用英语向我解释：

　　"挑选演员时，我问她会不会游泳，她告诉我'qián shuǐ, kě yǐ'，意思是'我能潜水'。

　　"'噢，是吗！我也能，我还有一张深海潜水证呢。'我说。

　　"却听她小声道：'我可没有！'唉，我早该想到这其中有问题的，原来是她不会游泳！"

　　成龙继续跟我解释：

"普通话中,'潜水'的'潜'读二声'qián',这与'浅水'中读三声的'浅 qiǎn'极其接近。我当时理解成了'是的,我会潜水',实际上她想说的是'是的,浅水区可以游'……"

成龙带我快步走向那艘老船所在的岸边,一位特技演员已经站在比海面高出一米的船舷边。

"你能从这里跳下去,然后游泳吗?"

"可以,没问题。"

直到这时,成龙才松了一口气。我一转身,看到了可怜的姚星彤。

姚星彤,美丽的中国女孩。
纠声调,平升曲降无差错。
胆子小,脚不触底不下水。
却偏偏,成龙喜欢吓唬她。

(姚星彤,演员)

换作是我,如果不会游泳,我也会很紧张害怕。但此时我的内心也十分焦虑,因为我从未穿着日常服装游过泳——一身质地偏厚的米色长裙在水中的表现将会如何呢?是否会变得沉重不堪?是否会绊住我的双腿而无法动弹?

麦里让我放心,很多中国人都不会游泳。

"可是说自己能在浅水处游泳,这是什么回答!无论水深水浅,游泳时都是在水面上,这又有什么区别呢!"

麦里坚持：她的妈妈和姚星彤一样，会一点游泳，只要脚能触底就行。

"若是这样，这就不叫会游泳，而只是站在水里！"

"不，对她来说这就是游泳。有些中国人就是做不到完全浸在水中，他们会害怕。"麦里坚定地说道。

三、进剧组，寻食物

2015年7月，我正在西班牙波多黎各拍摄《癫狂之旅》(*Mad Dogs*)，这是一部由索尼和亚马逊共同推出的美剧。我和发型师总监聊天，谈到剧组里艰苦的工作条件——每天清晨4点开工，14个小时不停变换装扮，不断拍摄——与在中国的拍摄经历相比，这些都是大巫见小巫了。突然，她从椅子上站了起来，眼睛里透出一股恐惧：

"噢，是的，尤其是……饥饿！"

这位发型师曾跟随《功夫梦》(*The Karate Kid*) 剧组在中国工作，回忆起那段经历，她的双眸闪烁着，仿佛饱受饥饿的索马里孩子们渴求食物时的目光，又像散落的铅珠零乱无序，颤抖的声音足以说明曾经遭受的磨难——那段时间，她几乎没有什么东西可吃：

"我什么也不吃，一直挨到周五晚上，我们冲进北京城，找到一家好馆子，花大把的钱——我一周中唯一的一餐。"

她长得圆润，体态丰盈。我看着她，想象着那段日子她所遭受的苦楚。而我在中国剧组工作时，为了寻找可口食物又有什么诀窍呢？

我第一次试装时就注意到试衣间的墙、门窗上都贴着东西，当看清上面写着"禁止做饭"时，我诧异极了。我从未在他处见过这样的告示，因为这太有趣了，谁会在化妆间、试衣间里做饭呢？

开机第一天，制片部的几个姑娘笑眯眯地拿着一张麦当劳的菜单来找我，问我中午想吃点什么。在她们看来，外国人是吃不惯剧组饭菜的。可我依稀记得10年前来北京时，吃得还是不错的。中国菜不是世界上最美味的菜肴之一吗？我想和大家保持一致。麦里告诉我，素菜会更好吃一些。她还说，权相佑已经迫不及待地想看看我用餐时的反应了。

他，韩国著名演员，帅气十足。
戏，欧巴纵身一跃，跳入海中。
我，站在他身后的一棵大树下。
他，性感回眸，释放亚洲魅力。

（权相佑，韩国演员）

我来到食堂。一进楼道，强烈的食物烂糊味扑鼻而来。难道这就是我们要吃的饭菜吗？一排菜品摆在一旁，我走上前去，掀开金属罩，每样都取了一点。很快，我就得出结论：这里唯一能吃的就是白米饭，其他的菜都搅在一起，分不清是蔬菜还是肉。我决定只吃白米饭。麦里跟我说：

"你知道吗，从美国来的特技演员每天不是吃麦当劳，就是吃罐头，这样的生活要持续一个月之久。"

成龙也拉了一张小塑料凳子坐过来同我们一起吃饭，不同的是，他的饭菜是专门为他做的。我猜想是他需要严格控制饮食，保持良好的身体状况吧。很快，我就认识了两位特技演员：马克斯 (Max) 和安迪 (Andy)。他们虽是中国人模样，但其实是德国人。他们买了金枪鱼罐头，和着米饭狼吞虎咽。其他特技演员也纷纷效仿。

越南裔安迪，勇敢勤奋。
生长于德国，好学粤语。
成龙的"铁粉"，研学 DVD。
做特技演员，为梦而生。

（安迪，特技演员）

拍摄工作进行了几日，我实在是觉得食堂饭菜难以下咽。而且，这里也不见美国、欧洲剧组必备的餐间茶点桌——供演员疲惫饥饿时补充能量。再加上北京的严寒、每日长时间的工作……可中国人从未有半句抱怨。若是在法国，所有技术人员都会罢工的。

其实，这一切的一切，我本应该预想到的。电影开机前，我曾遇到美国创新艺人经纪公司①中国办事处的工作人员。这位美国人见到我的第一个问题就是：

"吃得怎么样？"

我当时回答说我十分喜爱中国美食。现在看来，他的提问另有深意……

拍摄一周后，我决定放弃食堂，在休息间用餐。我泡了一碗面，吃了起来。成龙过来看望姚星彤，她的肩膀一直疼得厉害。一刻钟后成龙回到休息间，惊讶地看着我说：

"刚才你就在吃面，现在我吃了饭，又和摄像聊了一会儿，回来，你还在吃……"

我用中文答道："我是法国人！"

在法国，午餐都是慢慢享用的，我们一边品味美味菜肴，一边与同桌人聊天、交谈。而在中国，工作时吃饭常常是狼吞虎咽，只为填饱肚子。吃饭不再是一种享受，而是获取身体所需。在中国，剧组里的服装师、化妆师和发型师都安排得井井有条。虽然"禁止做饭"的标语随处可见，但他们仍然纷纷拿出小电磁炉和平底锅，乐呵呵地做起饭：饺子、面条、米饭、煎肉、炸鱼，不一而足。于是乎，演员们一离开，化妆间、更衣室就成了工作人员的小厨房。我满眼羡慕地看着服装师面前的飘香饭菜，她同情地看了我一眼，要递给我一盘品尝，我拒绝了。我不能"虎"口夺食，我要自己解决

---

① 创新艺人经纪公司 (Creative Artists Agency, CAA)，是世界排名第一的精英人才经纪代理公司。

这个问题，我要找一个助理。

四、招助理，辅佑我

下一步就是要招聘一位助理：在中国，所有受人尊敬的职业人士身边都至少有一个助理，演员更是从不独自来往。

在巴黎时，演员罗萨里奥·阿米迪欧附在我耳边，操着比利时口音说：

"嘿，你注意到了吗？有些人没什么正事干却总占着我们的座位。"

一个胖胖的男孩儿一直坐在那里玩手机游戏，还有其他几个人，也不知道他们是来做什么的。我的头脑开启快速搜索模式，曾经的记忆一闪而过，恍然大悟：

"罗萨里奥，他们就是助理！"

拿着电子游戏的中国男孩儿像是几位演员的经纪人的助理。

成龙对我们说，在中国，几乎每名演员都至少有一名助理，这是实力与地位的表现，演员名气越大，助理就越多。

"我曾经见过一位著名女星，身边围了15～20个助理，根本无法正常工作！"

成龙无疑是超级巨星，但他只有一位助理——多姐（Dorothy）。不过她可抵得上一颗珍珠的价值。

衷心耿耿，人称多姐。

我们的大姐大，成龙的骄傲。

未雨绸缪，无所不晓。

观察细微，沉稳高效。

（多姐，成龙的助理）

成龙继续说道："中国的明星都知道，我向来不喜欢这种攀比助理数量的做法。所以现在，他们来见我时都只带一名助理。"

其实，直至来到北京，我才终于理解为什么所有人都要配助理。在法国或是美国，剧组所有人都会关心照顾演员：天冷了，服装师便会在拍戏间歇送来大衣；平时现场总有一张摆满了各种茶点的桌子，午餐的质量也很不错。而中国的拍摄工作条件则要艰苦得多，因此我们需要更多的帮助。

在北京拍摄一周之后，我开始主动寻找助理，但制片方告诉我一时之间很难找到合适人选。几次不称意的招聘后，在我开始绝望时，一个周六罗萨里奥和我一起到北京市中心去见一名学生——她愿意向学校请几天假，来做我的助理。我们约在一家餐厅见面。一个眉清目秀、活力十足的中国女孩走了进来，她的英语断断续续但语速很快。她像是一下子就进入了工作状态，全神贯注地听我讲话，时不时快速地说着"明白……明白……"罗萨里奥冲我眨眨眼：

"你看，我们的坚持是正确的，她看上去蛮机灵的。"

就这样，我留下了这个女孩，让她从新的一周开始加入我们。她的第一项任务：帮我找吃的。

中国小妹，我的最爱。
热情有礼，聪明幽默。
为我觅食，全力以赴。
有她，生活轻松愉悦。
（彭娇，我的北京助理）

我不知道彭娇是怎么做到的，摄影棚位于村庄深处，而中午她居然给我带回来了香喷喷的菜、虾仁和米饭——美味至极！我像饿狼一般吞咽着，啊，真是太好吃了！我几乎快忘了饭菜的滋味了。我重新振作了精神。然而，再好吃的饭菜日日吃也会厌倦。彭娇在小餐馆里发掘的其他菜品都很辣，除了虾。不，我还是受不了。我又没胃口了，体重直线下降。我开始让彭娇每周进城，到进口超市帮我买食物。我向她交代我想要什么，她从来没见过烟熏鲑鱼，我就仔仔细细给她描述。

与别的助理相比，彭娇更加机灵，更有天赋。很快，她就成为我的得力助手，我在中国的小妹妹。她的梦想是成为艺术经纪人，我便带她踏入演艺界。彭娇已经毕业了，她的能力远在一名助理之上；她对自己在剧组的工作有些难为情，特地请求我不要把她的照片发在微博上，介绍这是我的助理。在我心中，我为能有这样一位助理而骄傲，有了她，我感觉自己像是一个开足马力的制片人、干劲十足的职场女精英。当助理并不是什么不体面的事，放眼欧美国家，绝大多数的成功制片人都是从大制片人的助理干起的，他们正是在这个过程中不断学习进步。但在中国人的思想里，助理就像是一个什么都管的保姆，被支使着干这干那，没有自己的主见，一只"主人去哪就跟到哪儿的机器"，对什么都不闻不问，无论白天黑夜，影子一般跟随老板。

五、喝热水，改习惯

彭娇第一次递给我水，我仰头一口就被呛到了——怎么是热水？我是要喝水，又不是要洗澡，常温的就可以，为什么要给我热水？然而没过多久，我就发现中国人的习惯就是喝"开水"。喝开水一方面是考虑到卫生因素；另一方面是人们认为喝凉水对身体不好。可在美国则相反：我若只说"来一杯水"，送上桌的一定会是冰块，杯子里的冰块像铅球一样塞得满满的，只允许极细的水流从其间流过。故而，在美国时，我得说"来一杯不加冰的水"；而在中国，我则必须说"来一杯常温的水"。面对北京刺骨的寒冬，我重新审视自己的习惯，热水成了我最要好的朋友。为了保持自己强健的体魄，我觉得最好不要喝冰水，于是便喝起了热水。

2012年9月的多伦多电影艺术节,我受邀参加一场招待成龙的晚宴。我和另外两位中国女演员都坐在成龙那一桌。美国制片人哈维·韦恩斯坦(Harvey Weinstein)上台致辞,一位加拿大服务员过来问我们想喝些什么。"热水",我的中国朋友们不约而同。我翻译道:

"他们要热水。请给我也来一杯。"

服务员一脸茫然地盯着我们:

"你们是想要喝茶吗?"

"不,就是热水。"

"可是热水要用什么杯子?是像普通水一样装玻璃杯里,还是倒在茶杯里?"

她依然迷惑不解。酒店宴会厅的空调温度极低,我的双腿在礼服裙下不住地战栗,我要被冻僵了。此时喝一杯热水,那真是再好不过了。在这一点上,我完全赞同中国人的做法。此后,出于方便,大多数时候我会选择喝温水,冰水是再也不碰了。

六、安全感,在北京

我从未在北京感觉到危险。中国是一个安全的国度,我不必担心会有一辆摩托车疾驰而来抢走我的包——此类事件是可能在巴黎或者马赛发生的。在中国生活期间,我从未遇到偷窃或其他什么事情。无论白日还是黑夜,清晨还是傍晚,我都可以放心地在街上走路、打车。

2011年12月的一晚，正在拍摄《十二生肖》的我坐上了一辆出租车。像往常一样，一上车我便迫不及待地想与司机师傅练习我的中文。师傅很肯定地说：

"你是美女！"

彼时的我还是个中文初学者。当一个人尚未很好地掌握一门语言时，他便会充分调动自己的推理能力。当然了，这么一句话我不能天南海北地胡猜，我断定，它一定与我的国籍有关。一个个词语与句子飞快地在我脑海中闪现，好像是一份复杂作战图上的一个个铅制士兵。"美"……对了！我突然记起来"美国人"就是以"美"开头，对，就是它了！师傅一定是在问我是不是美国人。我对自己的理解能力洋洋得意，大声回答：

"wǒ bù shì měi nǚ rén, wǒ shì fǎ guó rén."（我以为我说的是"我不是美国人，我是法国人。"）

车内一阵爆笑。师傅笑得下巴都要掉了，他像是手指触到了电流，身体摇晃着，发出抽搐般的笑声。

孤身一人坐在出租车里伴着司机金属般尖锐的笑声，这可能是福，也可能是祸。我确信在一些国家，这样的情形势必会令人毛骨悚然。可在中国，没有任何危险。我眼前这位搞笑的师傅嘴里反复说着"wǒ bù shì měi nǚ rén, wǒ shì fǎ guó rén"，不时一阵大笑，不过，他的笑容是亲切的、友善的。我心里纳闷，做一个法国人有这么好笑吗？不管了，也许我刚刚一瞬间展现了什么戏剧才能吧,这令我备受鼓舞,因为这正是成龙电影所需要的。

后来,我意识到了我的错误:"美女"说的是美丽,和"美国"风马牛不相及。那位师傅是想称赞我长得漂亮,我却傻傻地说"我不是美女,我是法国人"!大概只有在中国,我才能与出租车司机进行如此的对话了。

2012 年 12 月,我在北京期间住在了 G 酒店。这是一家时尚前卫的酒店,夜幕降临时,建筑表面的荧光彩灯就会闪耀登场。我很喜欢这里,因为这家酒店是由法国人经营,住在这里有种家的感觉。我在酒店的餐厅里办公,有时要离开几分钟,有些担心电脑的安全。经理塞利娜让我放宽心:

"在这儿,我们绝对不会让你的东西被盗。我经常把我的电脑放在这里。你看,到处都是摄像头。"

中国的酒店比法国的酒店还要安全吗?这真是令人意外。

七、开微信,通微博

如果一个人在中国却不使用微信,他就会被贴上"失联"的标签,如同一个被放逐孤岛之人。中国人不停地对着手中的智能手机说话,一字一句地说,像是在给手机做听写。微信几乎已经替代了电话和邮件,成为唯一的沟通方式。这样一来,饭桌上看不到一个人与身旁友人交谈,所有人都蜷缩着盯着手机,或是轻击屏幕发送信息,或是在微博上晒照片。

难道这种交流方式会比和直接打电话，或是与有血有肉的人面对面交谈更令人安心？

中国人是如此地痴迷于微信、微博，早已将邮件抛至脑后。显然，美国人是最优秀的邮件交谈者，他们总能立即回复邮件，甚至比打电话找他们更快。说到法国人，有的像美国人一样，回复得快速高效，有的则要慢上一些。而中国人呢？他们经常忘记回复邮件。我发现，要想获得最新消息，最好还是通过微信与他们沟通。

八、称兄弟、道姐妹

当人们欣赏或尊敬某人时，人们便会以兄弟姐妹来称呼。我一到北京，麦里就提醒我，在拍摄现场，所有人都称成龙一声"大哥"。这既是一种尊称，也是一种昵称，表示我们所有人都是成龙大家庭中的一分子。这一声"大哥"里还有些特殊的含义，因为在某种意义上，成龙的的确确是一位"大哥哥"。

dà gē，我的大哥，我们的保护神。
工作中充满激情，身影遍布剧组角落。
他是动作片天才，喜剧片的精灵。
幽默风趣有活力，带给我们欢声笑语。

(成龙)

《十二生肖》预映会后,北京市市长接见了我们。成龙谦虚地向市长打招呼,市长先生笑了:"在中国,人们都称成龙为'大哥',现在,我倒成了'大哥'了!"

我们习惯称成龙的助理为"多姐"。倒茶的男孩比我的助理小一些,她就在他的名字后加上"弟"。一些技术人员比我的助理年长,他们就在她的名字后加上"妹"。这样的称呼方式一下子就检验出谁是中国人,谁不是中国人了。我如法炮制,开始如此称呼我的朋友们,只要在名字的后面加上"哥""弟""姐""妹"即可。例如,廖凡就成了"凡哥"。很快,我就有了许多中国兄弟姐妹!

慢慢地,我开始对中文的礼貌用语有了模糊的概念。例如在一场颁奖典礼上,获奖者是中国导演张一白。为了礼貌,我每次说到他,都必须在他的姓名之后加上他的职务——导演。当我们提及一些并不熟悉的人时,直呼其名是不礼貌的,我们或是在其名后加上他的头衔、职务(如导演、医生、老师、教授等),或是加上"先生""小姐""女士",只是姓氏总是放在最前面的。这些礼貌用语十分复杂,但鉴于我是外国人,人们并不会指望我掌握其中精妙。

九、用中文,学数数

西方算数时,数位是三位进一,以千为单位。遇到大数时，就会三位一单元，如 1 000、10 000 等。而中国则是四位进一,四位一单元。因此，西方的"十千"到了中文就成了"一万"，写作"1 0000"，"百千"就成了"十万"，写作"10 0000"。

于是数字就成了引起众多误解的根源。对我来说，用中文数数简直比登天还难，我得先用西方三位一进的方式重写数字才行。我曾目睹过一次因数字惹出麻烦的商业谈判。美国人向中国人要求"二十千"美金作为津贴，这个中国人听到了"二十"，就以为对方要价二十万。一来一去，美国人觉得中国人要么就是什么都不懂，要么就是不会数数，而中国人则觉得美国人漫天要价……

我曾阅读过一份由中文译至英文的文件，其中提到中国人口高达"十三个十亿"人——这一定是翻译错误，应该是 13 亿才对……说到"13"，与西方不同，数字 13 在中国并不是什么不吉祥的数字。不吉祥的是数字 4，因为其发音"sì"与表示死亡的"sǐ"极其相近。正因为如此，一些中国酒店里没有第四层，电梯按钮从 3 直接跳到 5。在一些也接待西方客人的大酒店或是连锁酒店里，为了不冒犯任何人，电梯按钮里既没有数字 4，也没有 13。

用手指头数数也是一项艰难的任务。中国人能仅用一只手的五个指头便从 1 数到 10。刚开始时，每当人们说"我们就在××点见面"时，人们就会伸出手向我比画一个我根本看不懂的手势。拇指与食指伸开，成 90°，像手枪一般。对于中国人来说，这是在模仿汉字"八"，殊不知在法国人看来，这是数字"2"。

十、永不说——"不"

中国人从不说"不"，说"不"被认为是没有礼貌的。因此，必须在情境中细细体会，明白有些时候的"是"其实是"不"的意思。否则，在中国人与西方人交往过程中，这一点尤其容易引起误解与混乱。

2012 年 12 月，《十二生肖》在京预映式即将举办。我希望能找到一个适合我的化妆师，在这之前我与几位中国化妆师进行过合作，我发现他们不太习惯给西方人的眼睛化妆。他们把我的眼睛当作丹凤眼对待，眼线又黑又粗，却不在眼皮上画眼影，我看上去仿佛一只熊猫。为此我得拿捏分寸地说服他们擦去一部分眼线，待到化好一个合适的妆，已经过去个把小时了。

其实，那年 11 月份时我就曾在巴黎遇到一位香港化妆师华莱士。12 月正是他回家看望父母的时候，他答应自费前往北京帮助我，还可以跟随我进行全国的巡回宣传活动，负责我的妆容、发型，兼任助理、摄影师……华莱士聪明、积极，会说粤语、普通话、法语和英语，了解东西方文化，是个完美的人选。我兴奋地把他的情况告诉了彭娇，并让她着手为华莱士准备胸卡，以便他跟随我进行巡回宣传。为他们两人接上头，在我看来，这件事就完成了。

然而，当我抵达北京时，华莱士并不在。彭娇告诉我她请的依然是10月的化妆师和发型师。她觉得让华莱士自己掏腰包坐飞机来北京，这太不公平了。我惊呆了，沮丧的心情旋即涌上。我可是早就认准了华莱士啊！

彭娇辩解道："你没有对我说'是的，我就要华莱士，'而说的是'可以'，因此我以为你的意思是'不'，只是出于礼貌不便说出！"

我思虑良久：对于不善于说"不"的中国人，如果一个"是"字说得简单直白，没有什么热情，那其本意就可能是"不"……可万一我的"是"被误解了怎么办？我又觉得这种说话方式很是讨巧，能让人借机为自己辩护：对不起，我以为你其实是想说"不"。想想由此可能产生的混乱与误会……这或许也是为什么在中国组织活动总是有很多不确定性，这是因为每个人都"想当然"地做事。

十一、买贵的，买新的

在中国，东西越贵越好。在这个生产能力极强且产品价格低廉的国家，有这样一条奇论：东西价格越贵，越应该是好东西。

在一家商店里，我在美甲货架区上挑选了一瓶洗甲水。销售员使劲摇了摇头：

"不，不要这个，这是'中国制造'的！"

我惊奇地看着她。我没听错吧？她竟不想向我推荐在中国生产的商品？售货员拿起一瓶价格高一些的，向我推荐：

"这个不错，是日本进口的。"

无论我去到中国哪里，这一幕都会反复上演。真奇怪，中国人回避购买"中国制造"，可在世界上其他地方，几乎所有商品都是"中国制造"。

中国人对西方品牌极度推崇，尤其是化妆品与衣服、包包等一些奢侈品。所有那些想提高销售额的西方品牌都会选择进入中国市场，因为价格越贵越好。不得不说，中国人对这些西方品牌的痴迷令我震惊。他们到达巴黎的第一件事，就是冲向位于香榭丽舍大街和乔治五世大道交叉路口的路易·威登，将整个商店抢购一空。一天，在香榭丽舍大街上，一位亚洲女孩走近我，请求我是否能帮她去路易·威登买一个包。她着急地递给我一沓钱，并愿意给我30欧元作为酬谢。我猜想很有可能是她的购买量已经超过限制，店里不愿意再卖给她了。

为了买下梦想中的包包，中国的中产阶级需得省吃俭用数年。他们买到这款包，也就买到了社会地位。这就是为什么他们总将商标摆在最显眼的位置。这有点像美国，一个美国人若是开上了一辆好车，他就获得了相应的社会标签。在中国，一个人若有钱，就要以看得见的方式展示出来。

只要是新的，就一定会更好。消费主义使得人们不会为

"持久"作出努力。"古着"（Vintage）在中国是一个陌生概念。若想变得时髦，就必须身着最新款的时装；否则，那就是过时。古着风靡美利坚，拥有一件20世纪60年代的香奈儿、80年代的范思哲，时尚又先锋——要知道，通常这些衣服都已经绝版。美剧《欲望都市》中就有一个情节印证了古着现象。夏洛特给坐在高椅子上的小宝贝喂吃的，小宝贝却弄脏了妈妈的裙子。泪水涌上夏洛特的双眼，她冲向小宝贝，怒瞪着他，眼睛睁得浑圆："这可是一条古着裙子，就这样被你毁了！妈妈再也无法找到可以替代它的了。"这段戏在我们西方人眼中笑点十足，可中国人看了却百思不得其解。旧的怎么能比新的好呢？"新的，就是好的"，想了解如何在中国做生意，就从这句话开始。

十二、顾眼前，看当下

对西方人来说，在中国做生意是一件很复杂的事，因为中国人考虑工作关系时只看重"此时此刻"，从不做长远打算，宛若美丽的花蝴蝶撩过一枝又一枝花朵，却不许半句承诺。想想巴黎蒙加莱街①上中国人开的一家家计算机商店吧，营业6个月后，就会有其他中国人开的新商店出现将他们代替，从来都不长久。

---

① 巴黎有数条华人商家一条街，其中12区蒙加莱街的"电脑一条街"就是一例。

无论是美国人还是欧洲人都难以理解这一现象。中国正以惊人的速度发展，且丝毫没有停止的趋势。在当今中国，一切皆有可能。在传统的美国梦中，一个人可能在10岁、20岁或30岁甚至任何年纪里成为百万富翁，只要拥有一个好点子、一份蒸蒸日上的生意。比尔·盖茨、史蒂芬·乔布斯、马克·扎克伯格……他们都是赫赫有名的成功典范。在中国，人们有可能一夜之间声名大噪，也有可能一夜之间败掉全部身家！这些在法国都是不可能的事情：法国是一个历史悠久的国家，像一只缓慢前行的乌龟，世世代代，财富都集中在少数几个固定的家族中……巴黎是不会变的，整个世界与她无关，她只忠于自己，保持自己一如既往的美丽。而仅仅10年，北京就会变得让你认不出来。

北京，每日都有街区消失，崭新建筑如雨后春笋般拔地而起，一个个商业帝国的辉煌与消亡只在顷刻之间。在这样一座城市里，长远的目光很难保持，甚至有时连中期计划也不会有。人们不知道明天会发生什么变化，一切都着眼当下，追求利益最大化。在这种情况下，又如何能拥有其他思维方式呢？

十三、学干杯，练用筷

一天漫长的拍摄结束后，我们会回到影视城的酒店用晚餐。我通常和成龙以及其他演员在一桌。每当有宾客到来时，我们会用小杯喝极烈的白酒。桌上的杯盏盘碟如玩具餐具般小巧，盘子只有茶碟般大，茶杯则是陶土制成的小杯，酒杯更是迷你。

这天，剧组里来了几位重要嘉宾，成龙让人拿来年头极老、价格极高的酒。我向来不饮酒，因而得以细细观察。饭桌上，人们从不独酌，一定是与他人碰杯后再饮。经常是一个人举起酒杯示意被敬酒者，对方则做出同样动作作为回应，然后双方同时喝酒。成龙喜欢轮流与每一位宴客干杯，这可没法逃掉。待到宴会结束，每个人都喝了不少白酒。

特效专家，帕特里克，
宽慰我说，汉字他也不识几个。
把酒言欢，纵情尽兴，
觥筹交错，全场谁也不能落下。
（帕特里克，特效师）

这项礼仪还有诸多细节要注意：当我们与一位比自己地位高的人干杯时，须将自己的杯子放得略低于对方，以示尊敬。遵循这条礼节，有时会发生十分滑稽的事情：先举杯的人向自己的杯子放得略低与对方，对方又将自己的杯子放低表示尊敬，二人将自己的杯子一降再降……直到比饭桌高度还低。举杯时，人们会说"干杯"，就像法国人会说"祝健康"。整个用餐过程中，我一边与筷子做斗争，一边要注意周围是否有想和我干杯的人，否则，一不小心就会冒犯他人。

早在法国、美国生活时，为了吃寿司和米饭，我就能熟练地使用筷子了。可中国的情况更为复杂。餐桌上没有叉，更没有刀。没有刀，怎么吃鸡呢？中国餐桌上常见的是一整只鸡，有鸡头、鸡爪、鸡皮……一整只鸡被放在一个大盘子里，看上去庄严隆重，仿佛盘子里不是鸡，而是一只做工精细的瑞士铂金手表。鸡身切成规则条形，鸡皮在上，鸡骨在下，鸡头摆在最前面，鸡爪则被精心收在两侧。中国人对如此精心设计的菜肴引以为豪，玉盘珍馐，秀色可餐。可我一看到这道菜上桌，脸色煞白……盘子里的脑袋和爪子时刻提醒我，我的盘子里装了一只动物；但在中国人眼中，它们都是人间美味。

拿起筷子，每个人都已经知道自己要夹什么。身旁的朋友见我每次只拿很少的菜，以为我是不好意思，便帮我取了很多。于是，我的小碟里便堆满了鸡肉条。大家伸出筷子，一口将鸡肉放进嘴里，而我却在没有刀叉的情况下奋力剥开鸡皮与鸡骨。煮熟的鸡皮颜色发白，毛孔竖起，上面还有一层厚厚的黄色油脂。我不可能吃得下去，开始用筷子将它拨开。终于，一块去了皮的鸡肉放入嘴中，此时别人已经吃了十块二十块，晚饭都要吃完了。他们看着我，眼神里带着不解与绝望，然后好心地纠正我拿筷子的姿势：

"你看，筷子是这么用的。"

他们一定觉得我很呆傻吧!

中国人饭后一般不吃甜点,虽然有时会用些水果,但并非每顿餐都以甜蜜收尾。刚开始时,我很难适应这里的饮食,只是随便吃几口桌上够得着的菜,其他菜都太辣了,思忖着能在甜点时间补回来。啊不!成龙大声敲击桌子三下,这顿饭便就此结束,众人皆起身离开,返回自己房间。

我希望能用米饭填饱肚子。故而我每到一个餐馆,都会点一份米饭。但每一次,无论我催问多少次,米饭都直到最后才上。而此时,桌上的菜已经几乎被吃光了。经历了数次类似情形后,朋友告诉我,这是中国人的习惯。当用餐接近尾声,宾客们都吃得差不多时,米饭才会被端上来。米饭被认为是穷人的吃食,与鱼、肉一同上桌是不懂礼的行为——主人这么做有想快速喂饱宾客,减少花销之嫌。

在中国台湾的一个晚上,成龙邀请我们去一家华丽的海滨酒店用餐。螃蟹被认为是昂贵精细的食料。服务员将螃蟹整只地送上餐桌,同桌的中国朋友开始娴熟地"解剖"螃蟹,只有我一人不知所措。我只吃过蟹腿——先用核桃夹夹断蟹腿,再取到蟹肉。这场景,像极了《风月俏佳人》(*Pretty Woman*)中走进高档餐厅,在一盘蜗牛面前无所适从的茱莉亚·罗伯茨。成龙为我做了个示范:将螃蟹转过身来,用手掀开蟹壳,然后拿起筷子吃里面的东西。看着蟹壳下面的绿色黏稠物质,我实在没什么胃口。成龙一再坚持,说这是最精华、最值得品尝的部分,最终,我还是拿起筷子,挑起这团氧化铜颜色的肉末放进嘴里。我不太喜欢,但还是笑着吞下。

下一道菜,烤全虾。我努力地剥虾,先是用筷子,后来直接上手。成龙一边打趣我,一边给我做第二次示范:虾壳、脑袋、眼睛……全部吃下,这对身体很好。我对此毫不怀疑,但要吃掉整只虾,虾小小的黑色眼珠仿佛在注视着我,像是即将翻滚的小粒铅球。这对我来说简直无法想象!这些甲壳小动物真的很难剥开。最终,我还是成功将一只虾的壳、肉剥离,正准备将虾肉送入口中时,我环顾四周发现:所有人都已用餐完毕,连餐盘都已经被撤下了。

十四、学武术,练功夫

"武术"的另一个名字在西方更有名——"功夫",这是中国文化的根基,几乎所有中国人都懂一招半式的武术。有些中国人偏爱太极拳的慢招式,其中蕴含着深刻的道家哲学思想,助人达到身体的黄金时期。

完成《十二生肖》在巴黎的拍摄戏份后,再过几个月我就要动身前往中国了,我决定在这段时间里学习中国功夫。我费尽心思才找到一名胡姓老师傅,曾经是武术指导,年轻时做过特技演员,并在功夫电影里出演角色。胡师傅在洛杉矶创立了"少林武术"学校。他几乎不懂英文,这样最好——我可以和他说中文。考虑到我是一名演员,他在教授我武术时更侧重视觉感官,而非武术的实用性。慢慢地,我能飞出一记震撼镜头的漂亮踢腿，虽然在现实格斗中这样的招式并不实用。我一次次向戴着巨大手套的教练出招，几周下来，我在力度和速度上越战越勇，直至教练在我的拳头下也有些受不住了。我很开心，谁知道这功夫会不会派上用场呢？！

当我抵达中国，开始拍摄时，我遇见了伍刚，他曾是世界武术锦标赛冠军，后来成为一位特技演员、武术指导，在电影《功夫梦》的拍摄过程中是贾登·史密斯（Jaden Smith）的教练。

洁白牙齿，闪耀笑容
功夫冠军，力量与温柔相融
流利英语，豁达性格
小小耳环，不停闪烁
（伍刚，武术指导，"成家班"成员）

我向伍刚表达了自己想继续学习武术的强烈愿望。他十分吃惊，仿佛听到了什么荒诞言辞：武术需要一生修炼，我怎能在几个月内就掌握呢？成龙从两三岁起便开始苦练武术，"成家班"的其他特技演员也是如此。我尝试着说服他：练习武术不但能让我保持强健的体魄，还能让我进一步了解中国文化。于是，伍刚将"成家班"里最年轻的特技演员，17岁的佳佳，指派给我做教练。拍摄期间，只要佳佳得空，伍刚就会让他来演员休息室教我几招动作;每周六,我都会随他一同练习一两个小时。我腿上的功夫越来越好,但我不太喜欢打拳。

天才少年,"成家班"希望,
特技演员,出演《功夫梦》。
耐心热情,教我踢飞腿,
专业指导,我进步飞快。
(吕世佳,特技演员,"成家班"成员)

十五、唱卡拉OK

学做中国人的最后一步:走进卡拉OK。中国人酷爱唱卡拉OK,无论年龄,无关社会阶层,朋友们总喜欢齐聚一堂,齐声歌唱。

一个周五,经历了一周高强度的拍摄工作后,众人皆疲惫不堪。晚上,我们迎来了几位显要贵宾:一位身材小巧、慈眉善目的韩国老太太——三星集团奠基人的女儿,以及她的几位朋友。晚餐很丰盛,气氛也很活跃,成龙讲述着一个又一个引人发笑的奇闻逸事,而在一旁的我只想回房间睡觉。但我却惊愕地发现,活动才刚刚拉开序幕:用餐完毕,我们要去唱卡拉OK!尽管早已精疲力竭,但此时,所有人都表现出不可思议的活力与疯狂。"成家班"的成员们一个个或化身大男孩儿，或成了摇滚巨星，他们饮着酒，唱着英文歌。轮到我了——噢，不，这可不行！20几年的人生中，我从未在众人面前唱过歌。管他呢，他们都已酩酊大醉，没有人分得清卡斯塔菲尔（Bianca Castafiore）[①] 和卡斯塔罗尔（Casserole）[②]。我选了一首《加州旅馆》唱了起来。声音透过铜制的麦克风，在宽敞的包间内传来回音。刚开始，我还十分焦虑，可到了最后，我近乎疯狂地歌唱，兴奋、飘然的感觉怕是比那杯中酒精还要醉人。《加州旅馆》唱毕，人们纷纷称赞我动听的歌喉。我没想到自己竟会爱上了卡拉OK，爱上了在众人面前唱歌。在这一方面，我又成了一名中国女孩。

英文歌唱罢，中文歌登场，所有人争前恐后地唱了起来。我为不能和大家一起唱感到遗憾，因为字幕上只有汉字，没有拼音。乐曲旋律一首比一首曼妙，我是那么想和他们一起歌唱。早在巴黎拍摄期间，我就注意到成龙非常喜欢唱中文歌曲，他有着美丽的嗓音。可直到今晚我才发现，他麾下的许多成员都拥有这项才华。例如伍刚，他完全可以开启一条摇滚明星之路。

这一夜过后，我想学习中国传统歌曲的欲望越发强烈了。这些耳熟能详的传统歌曲，它们和武术一样，都是中国文化

[①] 卡斯塔菲尔（Bianca Castafiore）是《丁丁历险记》中的一个人物，著名的女高音歌唱家。她尖锐的女高音让丁丁和阿道克船长最受不了。
[②] 卡斯塔罗尔（Casserole）表示"唱歌唱得不好、蹩脚"之意。此处作者玩了一个文字游戏，一则Casserole和Castafiore拼写相近，醉酒之人无法辨认；二则这两个词分别代表了唱得不好的，以及自诩唱得不错其实不然的情况。

的一部分。回到洛杉矶,我认识了在中国街区上音乐课的莉莎老师。此后,每周我都会花两个多小时的路程去见她,与她在卡拉OK的屏幕前唱两个小时。我会提前将歌词和拼音打印出来。我学会了《月亮代表我的心》《朋友》,以及莉莎向我极力推荐的《女人是老虎》。她告诉我,当中国人听到一位西方人用中文唱起这首带有讽刺意味的歌曲时,他们一定会笑的。后来,我在一次学年结束的庆祝活动上献唱了这首歌,现场挤满了中国人,我甚至都要怀疑自己是否还在洛杉矶了。

几个月后,我应邀作为评委参加一档年轻歌手的电视节目。作为嘉宾,节目组邀请我上台演绎《女人是老虎》。台下掌声如雷,这可是个有潜力的发展方向。如果未来我能在中国开启演艺生涯,我将非常愿意学唱更多的中文歌曲。

> 巴黎—北京—台湾,好一场神奇探险之旅,
> 你们带我探索中国,让我深深地爱上了她。
> 我的首部中国电影,但不是最后一部,
> 奉上最美好的祝愿,发自内心地道谢。
>
> (致《十二生肖》剧组)

至此,我基本迈出了中国之旅的第一步,也为自己制定了初步的目标:在中国当演员……如果有机会,歌手也可以试试……当下,无论是在中国还是西方,我们都在思考何谓

"成就",何谓"成功"。难道我已经忘了哲人老子的名言"行乎无路,游乎无怠,出乎无门"①了吗?

---

① 出自《文子·道原》:大丈夫恬然无思,惔然无虑,以天为盖,以地为车,以四时为马,以阴阳为御,行乎无路,游乎无怠,出乎无门。意思是说:大丈夫恬淡无思辨,心无思虑,以天为盖,以地为车,以四时为马,以阴阳为御者,在无路的地方行走,游历而无怠倦,所到之处无门槛。

后记
我的路

> 往者不可谏，来者犹可追。
> ——《论语·微子》

　　就这样，我成了一名中国人。真的已经中国化了吗？我满怀激情地学做中国人，至少，在一些方面我已经中国化了。我从未奢望在我的人生道路上会有这样一段刻骨铭心的经历。2011年5月，一次意外的机会让我开始了这段长途旅行。这段征途一直在不断延伸，一路见闻也越发丰富。作为演员，我们从未停下学习的脚步。

　　2013年4月，我开始着手撰写这本书，同时开始了另一场伟大的人生探险——孕育小生命！但是，肌体孕育生命可远比思想精神酝酿文字要简单得多。2013年12月底，女儿来到这个世界，而此时，本书的第一稿才刚刚完成了一半。

　　我一直希望在我停止人生探索之前能有一本自己的书面世。可这一梦想险些化为幻影。2013年12月，就在女儿出生后的一个深夜，我的生命却几乎走到尽头。短短几分钟，我便从生的世界滑落到死亡边缘,原本生龙活虎的机体奄奄一息,只能依靠密密麻麻的监护仪器维持生命。我像一个机器一样,无数人围在我身旁摆弄着我,呼吸、进食、排泄,向体内注射吗啡以及其他烈性镇定剂。我接受了多台大手术。

接下来就是漫长的苦难折磨,我不得不为了生命而战。呼吸、移动、保持清醒……如此低级简单的动作于我却极其艰难,令我疲惫不堪,下床走几步也成了一场艰难的战役。平躺难以呼吸,我不得不坐着睡觉,第二天能否醒来,这是个未知数。针扎似的疼痛将黑夜割成了碎片。年轻的父母不时会抱怨哺乳宝宝令他们难以安睡,我却从未有过这种烦恼。经常是我还没睡着,女儿就已经进入了梦乡。小家伙是那么温柔可爱、善解人意,她似乎什么都知道,也什么都理解。当我卧病在床,浑身动弹不得时,我只能对她说话,用声音抚慰她。

很长一段时间,为生命而战、为新生命而战是我唯一的目标。我想,有朝一日,我定会将这段艰辛历程描述下来,化作文字。慢慢地,我的身体恢复得越来越好,我也重拾往日自信与决心。我坚持完成了"木"与"金"这两章的创作。写作继续进行,我的生活也亦如此。重获生机的我对生命有了不同的认识,我越战越勇,稳步前行,在创作这本书的同时也继续着我的演艺事业:加入不同剧组,出演各种角色,成立制片公司,合拍了一部电影,为小孩子们写下了几篇故事,还有初为人母的我满心幸福与喜悦。我觉得我是一个幸运儿,我有了小宝贝,能全身心地爱她、养她,陪伴她长大。

接下来便是一遍又一遍的修改……终于,我的书完成了!这是2016年6月6日,一个有些神奇的日子——3个6,6是3的倍数,而我的生日是3号,从我提笔写书至今又恰好3年。我仍然记得最初的计划是同时完成两件人生大事:宝宝和写书。可现在,我的女儿都已经快两岁半了。

我要感谢女儿的理解和配合,其实她并不喜欢午休。6月6号是我终稿的日子,我将要与陪伴了我三年的老朋友——书稿说再见。所以像往常一样,我让女儿去睡两个小时。

"睡一会儿觉吧,这很重要,有两个原因:第一,拥有充足的睡眠才能健康地长大；第二，你去午睡妈妈才能工作。妈妈有很多事情要做，你知道的。如果你不睡，妈妈就不能工作，然后妈妈就没有耐心……所以，你在床上安静地待两三个小时，好吗?"

女儿睁着大眼睛，用好奇的眼神看着我。她听懂了。她乖巧地躺下，随后便进入梦乡，我于是全身心地投入到工作中，为这本书画上了圆满的句号。三个小时后，睡醒的小家伙神清气爽，我亦如此，因为我为自己而感到骄傲。

在鬼门关走一遭、与死亡作抗争，让我意识到生命是何其脆弱；成为人母、抚育新生命，更改变了我对人生的感知。最终，我的人生征途与我在中国的所学所感印证了那句中国古语：往者不可谏，来者犹可追。或许生命最重要的并非结果，而是沿途走来的风景。

履历摘要

> 路漫漫其修远兮,吾将上下而求索。
> ——屈原《离骚》

出生于斯特拉斯堡,在那里度过童年、少年时光。父母均为数学教师,家中有一个妹妹和一个弟弟。

17 岁:在斯特拉斯堡进入高等数学生物预备班。

19 岁:进入巴黎高等农艺科学学院 (Agro Paris Tech) 的巴黎国立农艺学校 (INAPG) 就读。

2002 年前

戏剧:让·阿努伊 (Jean Anouilh) 的《窃贼们的舞会》(*Le Bal des Voleurs*)、乔治·费多 (Georges Feydeau) 的《做女装的裁缝》(*Tailleur pour dames*) 和罗兰·杜比耶 (Roland Dubillard) 的《有聊先生和无聊先生》(*Diablogues*)。

参加阿维尼翁戏剧节闭幕式表演,在跋娑 (Bhasa) 的一部戏剧作品中饰演公主帕特马瓦蒂。

首次中国之旅：参加北京时尚周的时装走秀。

参演日本 NHK 电视台的《堂吉诃德》，我饰演堂吉诃德的意中人——由此我获得了人生中的第一份片酬。

参演日本 NHK 电视台的《毕加索的一生》(La vie de Picasso)，饰演毕加索的众多情人之一——玛丽·泰蕾兹·沃尔特。

参演由托涅·马歇尔 (Tonie Marshall) 导演的《法国老友记》，我曾与弗朗索瓦·克鲁塞 (François Cluzet) 有对手戏。

2003 年

参演由迪迪埃·阿尔伯特 (Didier Albert) 导演的法剧《检察官》(Le Proc')，我饰演中学生梅拉妮·杜赛 (Mélanie Doucet) ——莎乐美·勒卢什 (Salomé Lélouche) 的朋友。

与保罗·贝尔蒙多 (Paul Belmondo) 共同出演电影《非法移民街》(Rue des sans-papiers)，我饰演主角——年轻的俄罗斯女孩儿安娜 (Anna)，并借机学习俄语。

参演法国电视 3 台的电视电影《正义行动》(Action Justice)，

饰演检察官的女儿莱蒂蒂娅·阿尔尚博 (Leatitia Archambaud)。该电影由阿兰·纳恩 (Alain Nahum) 导演，在马赛完成拍摄。

2004 年

在巴黎的 Sudden 剧院参加戏剧课程，主要跟随美国教练贝拉·格鲁什卡 (Bela Grushka) 进行训练，她的练习令我收获颇丰。

拍摄德米特里·库珀曼 (Dimitri Kupperman) 的短片《玛丽》(Marie)。

拍摄所罗门·哈桑 (Salomon Hassan) 的短片《只在生活中上演》(Ça n'arrive que dans la vie)。

前往西班牙巴塞罗那，为某汽车品牌拍摄广告——这是第一则全欧洲投放的广告。

参演由塞德里克·克拉皮斯 (Cédric Klapisch) 导演的《俄罗斯玩偶》，我饰演奥迪勒 (Odile)。

2005 年

参演艾利·舒哈基 (Élie Chouraqui) 导演的电影《喔！耶路撒

冷》(*Ô Jérusalem*)，饰演波兰女子阿格涅兹卡（Agnieska）。

参演由西尔维·埃梅（Sylvie Ayme）导演的法剧《律政女性》(*Femme de loi*)。

参演由乔丝·布纽尔（Joyce Buñuel）导演的法剧《爱丽丝·内维尔》(*Alice Nevers*)。

2006 年

洛朗·雅维（Laurent Jaoui）的电视电影《东贝和儿子》(*Dombais et fils*)，饰演塞希乐·东贝（Cécile Dombais）。

前往德国柏林：居住一个月。

前往摩洛哥卡萨布兰卡：参加时装走秀。

前往哥伦比亚波哥大、玻利维亚的拉巴斯和圣塔克鲁兹：受邀参加一场在南美洲举行的法国电影节，并推介电影《俄罗斯玩偶》。

阿尔萨斯：受邀担任短评电影节 Festival Ose Ce Court 的评委——这是我首次受邀担任电影节评委。

2007 年

前往德国柏林：居住一个月。

第二次中国之旅：前往上海参加时装秀。

参演由费利克斯·奥利维耶 (Félix Olivier) 导演的电影《抵抗运动》(La Résistance)，饰演卡米耶·拉博德 (Camille Laborde)，影片在阿尔萨斯拍摄。

参演由马丁·瓦尔兹 (Martin Waltz) 导演的《爱丽丝仙境》(Alicja Wonderland)，影片在华沙拍摄。

参演由蒂埃里·比尼斯蒂 (Thierry Binisti) 导演的电影《凡尔赛宫：国王的梦想》(Versailles, le rêve d'un roi)，饰演拉瓦里埃尔 (La Vallière)——路易十四的第一位情人。

参演由丹尼斯·贝里 (Dennis Berry) 导演的电影《杜瓦尔和莫雷蒂》(Duval & Moretti)。

参演由克里斯蒂安·拉哈 (Christian Lara) 导演的电影《约瑟芬传奇》(Le Mystère Joséphine)，影片在马提尼克岛拍摄。

参演由米歇尔·霍西尔（Michèle Rosier）导演的法剧《啊！力比多》（Ah! La libido）。

参演法国 Canal+ 电视台的电视剧《熟女梦工厂》（Hard），凯蒂·韦尔尼（Cathy Verney）任导演。

参演法国电视台 TF1 的法剧《火线》（Ligne de feu）中的六集，我饰演伊莎贝拉（Isabelle），该剧由马克·昂热罗（Marc Angelo）导演，在波尔多拍摄。

前往西班牙巴利阿里群岛首府帕尔马：拍摄一部广告。

2008 年

在波尔多拍摄《火线》的两集续集，依然由马克·昂热罗任导演。

参演由安妮·弗朗德兰（Anne Flandrin）导演的短片《孕期与马卡龙》（Grossesses et macarons），饰演德国女孩儿伊尔玛（Irma）。

参演本杰明·巴泰勒米（Benjamin Barthélemy）短片《乔吉特的信》（La lettre de Georgette）。

参演吕克·帕热斯 (Luc Pagès) 的法剧《生活属于我们》(La vie est à nous)。起初，吕克通过卡司将一个戏份较多的角色交给了我，但我没能出演，于是，他选择无条件地信任我，交给我一个新的角色。剧中饰演一位带着假发的女同性恋。

与丽娜·雷诺 (Line Renaud) 共同拍摄广告，保罗·米尼奥 (Paul Mignot) 任导演。卡司几乎是在最后一刻才进行完毕，一切都是在12个小时内做出的决定！

2009 年
参演美国 Showtime 电视台的电视剧《看》(Look)。

参演由德尔菲娜·马拉查得 (Delphine Malachard) 执笔的喜剧《选角》(Castings)。

前往黎巴嫩贝鲁特：拍摄一部广告。

2010 年

参演罗夫·西尔伯（Rolf Silber）的电影《当心了！医生！》（Achtung Arzt）。

前往洛杉矶：跟随美国教练霍华德·范恩（Howard Fine）进行演绎技巧课程的学习，在玛琪·哈伯工作室（Margie Haber Studio）学习冷读术。

2011 年

前往洛杉矶：跟随加里·奥斯汀（Gary Austin）学习即兴表演，随后登上底层剧场（Grounding）的舞台；跟随霍华德学习技巧与舞台研究课程（technique & scene study），跟随胡大师学习少林武术。

参演克里斯蒂安·拉哈导演的电影《普罗旺斯之夏》（Summer in Provence）。

参演丹尼斯·马勒瓦勒（Dennis Malleval）导演的电影《被强征入伍的她们》（Malgré-elles），扮演玛莎·梅赫勒（Macha Méril）角色的孙女，电影在斯特拉斯堡拍摄。

2011—2012 年

参演由成龙导演的电影《十二生肖》，先后在法国、中国拍摄。

2012 年

受邀前往北京，为导演张一白颁奖。

参加戛纳电影节，开始电影《十二生肖》的宣传活动。

参加上海国际电影节，开展电影《十二生肖》的宣传活动。

前往美国佛蒙特州：参加为期八周的中文强化训练。

与成龙参加圣迭戈国际动漫展，开展电影《十二生肖》的宣传活动。

参加多伦多电影节，开展电影《十二生肖》的宣传活动。

前往北京开展电影《十二生肖》的宣传活动：参加在鸟巢举办的媒体见面会，为杂志拍摄照片，接受采访。

2012 年 12 月 11 日，在北京举行影片发布之前盛大的媒体见面会。

2012年12月11日,在北京举行电影《十二生肖》全球首映礼,接受采访、电视节目录制,拍摄照片,参加媒体见面会。

2012年12与18日,电影《十二生肖》在中国文化部向各国外交人员进行展映。

2012年12月20日,电影《十二生肖》在中国公映。

2012年12月24—25日,在北京录制歌曲《不要忘记我》。

2012年12月27日,受邀担任北京某短片电影节评委。

2013年

前往洛杉矶:拍摄《不要忘记我》歌曲MV,由法布雷斯·格朗日(Fabrice Grange)任导演,我兼任合作制片人。

在洛杉矶跟随教练杰克·沃尔泽(Jack Waltzer)。

在洛杉矶拍摄由迪伦·帕芙(Dylan Paffe)导演的短片《礼物》(The Gift)。

受邀担任第十六届上海国际电影节"亚洲新人奖"评委。

受邀担任 ICN 中英双语综艺节目《星光灿烂·American stars》的评委——我首次献唱中文歌曲,获得如潮好评。

在第十届华鼎奖上获得"全球最佳新锐女演员奖"。

电影《十二生肖》在美国洛杉矶首映。

2014 年

前往美国巴达维亚拍摄一部中国电影,饰演韦棣华 (Mary Elizabeth Wood) 女士,她创办了中国第一所图书馆学专业学校。

在洛杉矶中国区参加慈善音乐会,为残疾老人演唱中文歌曲。

2015 年

前往北京,联系我与他人合作制片的电影。

参演由亚马逊与索尼制作的美剧《癫狂之旅》(Mad Dogs),

饰演瑞典女孩儿阿涅斯（Agnes），由亚历克斯·格拉维斯（Alex Graves）担任导演。

与奥斯卡获得者、美国演员小路易斯·格赛特（Louis Gossett Jr.）共同出演电影《布鲁克林之舞》（*Breaking Brooklyn*），该片在纽约拍摄。

2016 年

前往北京，联系我与他人合作制片的电影。

在加利福尼亚大学洛杉矶分校（UCLA）参加创意写作（creative writing）课程。